◆◆ 中国文学名家散文精选丛书

一碗羊肉汤

王芳　著

江西高校出版社
JIANGXI UNIVERSITIES AND COLLEGES PRESS

南　昌

图书在版编目（CIP）数据

一碗羊肉汤 / 王芳著 . -- 南昌 : 江西高校出版社，
2025.6. -- (中国文学名家散文精选丛书). -- ISBN
978-7-5762-5642-0

Ⅰ . I267

中国国家版本馆 CIP 数据核字第 2024UB2259 号

责 任 编 辑　秦　晟
装 帧 设 计　夏梓郡

出 版 发 行　江西高校出版社
社　　　址　江西省南昌市新建区工业二路 508 号
邮 政 编 码　330100
总编室电话　0791-88504319
销 售 电 话　0791-88505090
网　　　址　www. juacp. com
印　　　刷　鸿鹄（唐山）印务有限公司
经　　　销　全国新华书店
开　　　本　650 mm×920 mm　1/16
印　　　张　13
字　　　数　160 千字
版　　　次　2025 年 6 月第 1 版
印　　　次　2025 年 6 月第 1 次印刷
书　　　号　ISBN 978-7-5762-5642-0
定　　　价　58.00 元

赣版权登字 -07-2024-1064

自序

　　一直有一个文学梦，从小学到中学，从中学到大学，从工作到退休，梦一直都在。于是读书、写作，写作、读书，从未间断。即使年过半百，即使白发苍苍。

　　于是才有了散文集《岁月深处》的出版，淡淡的书香，芬芳了岁月，绚丽了人间最美四月天。知天命之年，文字是岁月的沉淀，是思想的升华。激动，兴奋，忐忑，还有点点羞涩，如春日阳光，浸润着每一个日子。

　　于是两年后，又有了散文集《一半烟雨　一半阳光》的出版，它是中年人深深浅浅的脚印，是上帝为我打开的另一扇窗。在这多灾多难的人间，它伴我走过艰难，走过风雨，走过岁月的沟沟坎坎，让我遇到更加美好的自己。

　　于是四年后，散文集《一碗羊肉汤》即将出版，无论人生怎样的苍老，总有一些瞬间如繁星般璀璨，总有一些记忆如陈酿般醇厚。而这本散文集，便是我从岁月的宝库中再次精选出的珍贵珠玑。

一碗羊肉汤，看似平凡无奇，却蕴含着无尽的故事与情感。它是冬日里温暖身心的慰藉，是家人团聚时共享的欢乐，也是在异乡漂泊时对家乡味道的深深眷恋。

当我决定开启这段文字之旅时，就如同踏上了一条充满未知与惊喜的小径。每一篇文章，都是我心灵的倾诉，是对生活的感悟，对人性的思索，对美好的追寻。

每篇文章，都用最真挚的笔触，描绘出一个个平凡而又动人的瞬间。也许是街头巷尾的一次偶遇，也许是山林间的一抹晚霞，抑或是陌生人的一个微笑。每篇文章，都是用眼泪写成，用真情铸造。我希望，我的文字能让人们更善良，更纯洁，更珍惜当下。爱我们的父母，爱我们的兄弟，爱世上的一切。我希望，通过这些文字，能让读者触摸到生活的质感，感受到那些隐藏在日常琐碎背后的光芒。

一碗羊肉汤，看似简单，却能在寒冷的日子里给人力量，让人相信，即使生活偶有阴霾，也总有温暖和美好在前方等待。

这本书，是我对生活的热爱与敬畏，是我对世界的观察与理解。愿它能像一位贴心的朋友，陪伴您走过每一个或宁静或喧嚣的时刻。

目　录
CONTENTS

第二辑
尘世心香

第三辑
滋味人生

第一辑

情满人间

黄昏，刚刚下过一场雨。刘氏会馆的中心广场，地面还湿漉漉的，几个老年人在舞太极剑，一招一式如行云流水，白色的太极服，如飞天般飘逸，优雅至极。更多的人沿着人行道快步走，一步接着一步，踏着青石板，像后面有人追赶似的。我却慢慢地走着，这么着急干什么，我有的是时间。

是的，退休了，从前不到六点就早早起床，去学校看早读，现在可以睡到自然醒。从前，担心学生考不好挨领导批评，现在天马行空，想去哪去哪。可是，紧张惯了，乍一闲着总感到心里空落落的，觉得自己成了一个废人。还好，可以照顾年迈多病的父母，只是经常生病，我床前服侍，有点心力交瘁。再加上儿子不慎摔伤腰椎，需要卧床百天，也需要我照顾。上有老，下有小，肩上扛着整个世界，压得我喘不过气来。

难得有机会出来透透气。我慢慢走着，不喜欢热闹，向广场一角的荷花池走去。

荷花池静静地卧在广场的西南角，池边的几棵垂柳任性地把柳枝伸到水面上，轻轻抚摸着荷叶、荷花，深情款款。荷叶绿得发亮，一池的绿色好像要撑破荷塘似的，连空气里都弥漫着浓浓的绿。白色的荷花，星星一样点缀其中，玉色的光泽铺在荷叶上，风一吹，一池的香气在荷叶间滚动。我不禁心潮荡漾，揽香于怀中，她俏皮地咯咯笑着，又跑回田田的荷叶里去了。

惊诧这一池的绿色，更惊诧朵朵荷花的纯洁和香气。伫立良久，竟不禁呆住了。

突然，有笛声悠悠飘来，那笛声婉转悠扬，如泣如诉。那是李叔同的《送别》：

长亭外，古道边，芳草碧连天。晚风拂柳笛声残，夕阳山外山。

天之涯，地之角，知交半零落。一壶浊酒尽余欢，今宵别梦寒。

笛声来自一个敞开的心扉，那笛声如墙里秋千缓缓地向空中荡开去，然后又缓缓回到起点；又如满天的花瓣在空中飞舞，刹那间又纷纷落下一地的残红。我顺着笛声望去，池塘边那棵大柳树下不知什么时候，斜倚着一个男人，六七十岁的样子，头发几乎全白了，个子很高，却十分清瘦。他远望着荷塘，眼睛周围是青黛色，仿佛有一团雾气笼罩着。一支竹笛横在唇边，唇形很好看，棱角分明。竹笛的一端系着一个紫色的香包，来回晃动着。

吹笛男人好像感觉到我的目光，笛声顿了顿，并没有停下来。忧伤的笛声在荷塘边轻轻漫步，时缓时急，时高时低。我闭上眼睛，笛声袅袅，有一种莫名的情愫萦绕心头，那是梦里的声音，穿过悠悠岁月，依然如昔。

我从小就喜欢音乐，喜欢一切美好的声音。我的小学老师是南方人，姓李，入学时，娘牵着我的手走进学校，那时我才六岁。李老师很高，也很瘦，三十多岁的样子，却已经有了白发。他轻轻地抱起我，用很好听的声音问母亲我的名字，母亲说，叫秋儿。李老师笑了笑，嘴角微微翘起，好看极了。还没起大名吧，李老师想了想说，就叫王芳吧。我想，可能是当年电影《英雄儿女》很火的缘故，里面英雄王成的妹妹就叫王芳。从此，这个名字跟了我一生，虽然叫这个名字的人很多，我一直没改名。那是我对李老师永久的思念。

后来，我才知道李老师教音乐，会吹笛子。我每天都期待着音乐课，期待上课时老师轻轻地抱着我，期待那悠扬的笛声在教室里回响。那温暖的胸膛，那百灵鸟一样的笛声常常让我忘记饥饿，忘记父母为贫穷而吵架时，我躲在一边哭泣的泪水。

李老师住在学校一间破旧房子里，我没见他回过家，也没见有人来探望他。母亲常常让我带点新鲜蔬菜给他。那时乡村的黄昏简单而安详，有蛙鸣、狗吠、猫叫、鸡啼，再就是李老师悠扬婉转的笛声，从那间破房子里传来。那是寂静的村庄唯一的欢乐，也是乡村独有的高雅。那是红彤彤的霞光里醉人的时光，是黑暗来临前最优美的意境。此后，一直到我离开学校之前，那笛声因着爱而存在，因着李老师的坚持而嘹亮。

后来，我去城里读书，就再也没见到李老师。听母亲说，李老师回到了南方，那个雨打芭蕉、烟雨蒙蒙、婉约而缠绵的南方，也是我向往的南方。青青石板路，窄窄的雨巷，雨中的油纸伞，伞下丁香一样结着愁怨的姑娘，还有悠扬的笛声从竹楼飘来，这一切都在我的梦里醒来。如果李老师还在，已是九十多岁的老人了。李老师，您的竹笛还在吗？

您知道，您笛子的快乐曾经敲开多少家寂寥的门，您把一个孩童乏味的生活吹成缭绕的炊烟，吹成布谷鸟清脆的嗓音，吹成一个淡紫色的梦，吹起一阵快乐的风，飞扬在那个曾经一度昏暗的天空。

这时，池塘边男人的笛声戛然而止。我睁开眼，荷塘上方已经铺满了夕阳的余晖。寂静，如此的寂静，仿佛能听到夕阳吻动荷叶的轻响。不一会儿，笛子再次响起，那声音仿佛从远古而来，如一缕丝线穿透时空，悠悠飘来。然后，又如潺潺的流水，叮咚作响。突然，一个个音符砸向空中，如黄河在咆哮，如万马在奔腾，如轰隆隆的雷声在荷叶上滚动着、翻卷着、嘹亮着。如一道道闪电划过天幕，银蛇一样扭动着、飞舞着、疯狂着。好一曲荡气回肠的笛声！白发男人的头随着笛声的起伏，左右、前后、上下急速地摆动着，紫色的香包也跟着荡来荡去，如女子的舞蹈。血色染红了黄昏，荷花的花瓣碎了荷塘，一棵枫树，举着红红的枫叶如燃烧的火焰。没有比这一瞬间更辉煌、更悲壮、更激动人心的时刻了！

一声长啸，笛声终于停了，我的眼里已满是泪水。男人手握长笛，雾蒙蒙的双眼依然望向荷塘，静默着。颀长的身影伫立荷塘，雕塑一样一动不动。少顷，他把竹笛放进包里，迈着军人的步伐，坚定地、大步流星地向前走去⋯

老王的幸福生活

老王的真实姓名我不知道，大家都叫他老王。

老王是健身房常客，一天有一半时间在健身房度过。一身肌肉，找不到半点脂肪。从后影看，好似身材矫健的小青年，走起路来，胳膊架在腰间，上身不动，却是威武霸气。从前面看，一双浓眉配着一双大眼，鼻梁高高耸起，一些褶皱隐藏在黑黑的皮肤间，经常堆积起来成为灿烂的笑容。

一些好事者猜测他的年龄，有人说五十左右，也有人说六十多了。说他五十不是空穴来风，老王抗扛三百斤的杠铃，一点都不吃力，小年轻也甘拜下风。说他六十岁，其实和他脸上纵横交错的皱纹有关，更与他已经退休有关。

老王爱美，对皱纹深恶痛绝，不过也无可奈何，岁月从不败美人，可是岁月可以败男人！拉皮不能做，可以做眉毛。他那一双好看的剑眉，是经过精雕细刻一刀一刀刻出来的，增一分太宽，减一分太窄，恰到好处的美。老王年轻时，绝对、完全、彻底称得上美男子！

老王极度自律，面食很少吃，吃牛肉，喝牛奶，高蛋白低脂肪。老王不差钱，公路站正式职工，一月七八千，退休后返聘又是几千，年薪十几万，打着滚也花不完。媳妇也有退休金，一个女儿大学毕业后嫁到南方，银行工作，也不差钱。

老王那小日子，那真是唱着过。不过，老王不喜欢唱歌，喜欢背古诗文。老王的背诵，成为健身房一道独特的风景！无论是跑步还是练器械，老王总是念念有词："永和九年，岁在癸丑，暮春之初，会于会稽山阴之兰亭，修禊事也。群贤毕至，少长咸集……"王羲之的《兰亭集序》他能一口气背下来。而且，他挑战的都是难度系数很高的古诗文，比如王勃的《滕王阁序》、李白的《蜀道难》、苏轼的《前后赤壁赋》、诸葛亮的《出师表》、张若虚的《春江花月夜》等，我曾和他一起背《兰亭序》，他四五天就会背了，我才会背一半，不久又忘得一干二净。老王几天后再背，仍能行云流水，让我颇感诧异。我竖起大拇指，赞老王厉害，老王哈哈一笑，说："我初中都没毕业，怎能比得上你大学生啊，只不过用点心罢了！背诵一定心无杂念，用心去背多久都不会忘。"唉！这个道理我懂啊，就是做不到，让我这个中文系毕业的语文老师情何以堪！

最难得的是老王几年如一日，七天一大篇古文，三天一小首唐诗宋词。坚持背诵五年，少说也得五六百篇了。我问他背多少了，为什么背古诗文？他仍是哈哈笑起来说："不在乎数量，在乎背诵的乐趣！"然后又背诵起来："物质的贫穷，能够摧毁你一生的尊严，而精神的贫穷却能耗尽你几世的轮回，这世界上没有白走的路，白读的书，你所触碰到每一个文字，都会在不知不觉间，帮你认识这个世界，悄悄擦去你脸上的肤浅和无知。书便宜，但并不意味着知识廉价，虽然读书不一定让你功成名就，也不一定锦绣前程，但是他能让你说话有理，做事有据，出言有尺，嬉闹有度。"这是西安交大校长王树国的经典语录，老王竟能信手拈来且背得一字不差，真是匪夷所思。用心做一件事，真的能做到极致！

老王背古诗文，招来健身房众多运动达人的非议，说老王逞能，故意显摆。男人不乏嫉妒之嫌，女人不过把老王当作锻炼时的佐料，这个喊："老王，来一首！"那个叫："老王，背个难的！"她们常常吆喝老王，老王不知是耍他，于是就"之乎者也"背诵起来，周围的人也就哈哈一笑了之。时间长了，老王终于明白他们并不在乎中国的国粹，于是一个人边锻炼边背诵，旁若无人，自得其乐！

有时，背到不懂的地方老王就问我，我总是耐心讲解，遇到我也不懂的就找"度娘"，从不嘲笑老王。老王仿佛遇到了知音，只要看到我，就背给我听，有好多诗词我都不知道是谁写的，大加赞扬："老王哥厉害！厉害！"老王总是孩子似的笑起来，好像中了大奖一样高兴，背得更欢了。

健身房的人仿佛对老王了如指掌，经常拿老王说事。老王是南方人，老家南通如皋。年轻时在部队当兵，人很帅，勤快麻利，又能说会道，被他的上司相中，招了上门女婿。上司是沛县人，老王复原后就来沛县公路站上班。八九十年代，百废待兴。老王承包了单位一辆卡车，不分白天黑夜地给工地拉建筑材料，那个苦啊，一天只睡两三个小时的觉，实在困得不行，就在车上打个盹，醒了再干。无论寒冬腊月，还是烈日当空，他都不闲着，为家庭为孩子苦苦打拼，挣了不少钱。买了房子，剩的钱都存了起来。日子就像南方的甘蔗林，甜蜜蜜；又如北方的高粱地，红火火。我问他："如果当年把钱都买了房子，现在岂不成了千万富翁，你不后悔吗？"老王微微一笑："我从不后悔，不是你的莫强求，我现在活得很幸福，有房住有钱花就知足了，人不能太贪心！"

不知为什么，大家从不谈王太是怎样一个美人，怎么让老王不远千里远嫁沛县做了上门女婿？王太的美老王也不谈，好像一谈就是亵渎爱情似的，能让老王几十年如一日，从一而终，可见王太不是一般女人。老王其他轶事在健身房倒是广为流传。老王身体好，尤其是一字马更是一绝。一次在汗蒸房汗蒸时，室内温度四十多度，大家汗流浃背。闲来无事，有人要老王表演他的绝活。老王并不推辞，立马坐在地板上，两腿横着岔开，呈一字形状，然后整个腹部前倾，趴在地板上，像个大青蛙。这样他还不满意，又让一个胖男人跳上他的脊背，双脚踩上去。谁知那人太重，力量过大，再加上室温太高，老王支持不住，竟晕了过去。大家慌了，七手八脚让他躺平，才慢慢恢复过来。老王不好意思看着大家，像一个犯错的孩子。后来，老王依然在人多的地方劈一字马，赢得众美女阵阵喝彩，老王咧开嘴，洋洋自得。有好事者拍了照片传到健身群里，旁写两个字，"王八"。老王看到后，只是淡淡说了句："太没素质了！"

老王的确是有素质且热心助人的人，谁早上没吃饭，他就把包里的东西分给大家吃，有红枣、牛奶等。有一健身男说要理发，老王大方地说，我理发店办了卡，你说我的手机号就可以消费。没想到那人还真去了，又是理发又是焗油，狠狠宰了老王一回，老王也只是微微一笑。女士们和老王一起出门，老王总是绅士般为女士挑开门帘，等女士走过去他再走。细节方显一个人的素养。

老王喜欢养宠物，爱心满满。养了13年的宠物狗微微，就如他的家人一样，出门旅游也牵挂着，担心微微吃不好，结果旅行没结束就提前回家了。一次老王开车，微微在后面跟着，不想回到家不见了微微，可把老王急坏了。有人说被一个五十多岁的女人抱走了，老王打听到地址，敲开门向女人索要，女人竟然不给，说是她家的狗，还报警说老王私闯民宅。在派出所，老王被罚款三千，交了罚款才和微微团聚。老王很生气，看到可爱的微微马上又喜笑颜开了。后来，微微出了车祸，轧断了腿，老王衣不解带，照顾她七七四十九天，最后还是香消玉殒，老王含泪埋了微微，从此不再养宠物。消沉了一段时间，老王终于走了出来，继续背诵古诗文，继续表演一字马，继续过他的幸福生活。开心是一天，不开心也是一天，为何不开心呢？老王如是说。

老王很孝顺，每年走过千山万水，总是回南方老家看望父亲老王，老王不喝酒，老老王爱喝，吃饭常常抿上几口。老王和父亲对饮，仿佛又回到小时候。辣得两眼直流泪，老王还是笑哈哈说，好喝，好喝！老王从网上订购好酒，一次就是十坛，一坛十斤，千斤美酒，是父亲一年的幸福，老老王幸福，老王不喝酒也幸福！

老王的幸福生活就是如此。

麦口上

"麦黄黄，杏黄黄，出嫁闺女瞧看娘。"麦口上，我总要回趟娘家，帮爹娘收麦子。麦口麦口，麦收就是一道关口。男女老少齐上阵，一起渡过关口。一旦遇到什么事儿，有可能颗粒无收，一年的辛勤劳作，老百姓就指望这几天了，和老天争时间，连夜收割脱粒，那是把人往死里整的活啊。由于劳累，免不了吵架，夫妻间、婆媳间，在那个生活并不富裕、妇女地位低下的年代，喝药、上吊而死的女人每年都有发生，麦口也成了女人生死的关口。

母亲也干过这样的傻事，所幸救了回来。可是我经常提心吊胆，晚上睡觉从不敢睡死，激灵一下醒来，马上用手摸摸身边有没有母亲，如果有才放下心来，那是一种心灵的煎熬啊！为了给母亲减少压力，麦口上，帮爹娘收麦子的除了我，还有我二舅。那是从前，现在二舅很少来了。我问起二舅的情况，母亲撩起花白的头发望向远方，一声叹息：你二舅好久不来咱家了，不认路了。

小时候，父母下地干活，没时间照顾我，为了照看我，二舅没上完初中就辍学了，我的童年和二舅息息相关。二舅长我12岁，高高瘦瘦的，颧骨很突出，平头，高鼻，脸上还有几粒雀斑，整天笑嘻嘻的，没有一点脾气。一家人都叫他"小二"，他一脸欢喜，甜甜地答应。我那时很小，也就四五岁光景吧，也跟着大家叫"小二"，他一点也不恼，把我背在瘦小的背上，逗我笑。我不笑，他就弯下腰，使劲颠我，颠得我哇哇直叫，他就放下我，看着我大笑，笑声把树叶震得直抖。

二舅大把的少年时光是在我家度过的，即使我上学了，有了弟弟妹妹，他还是经常来我家，帮母亲干一些挑水之类的体力活。麦口上，二舅总是把所有的缸挑上满满的水。二舅挑水时，我总是跟在后面，去时，他两手握住扁担，身子故意扭动，水桶也跟着扭动，有时动作太剧烈，摇落了水桶，我就哈哈大笑。他从不让我靠近水井，只许我远远待着，说井里有水鬼，专捉小孩。回来时，扁担弯弯，发出"吱呦吱呦"的声响，二舅快步如飞，我要一路小跑才跟得上。

二舅长成大小伙子就不经常陪我疯玩了，有时静静地坐在石凳上发呆。隔壁邻居一个叫二娃的女子，我该叫姑姑的，经常来我家串门，向母亲要一些绣花的花样之类，和二舅说说笑笑，很谈得来。母亲也总是制造机会，让他们单独相处。二娃胖胖的，很健壮，走路说话风风火火。看得出二舅很喜欢她，拎着我常在二娃家门口转悠，见二娃出来就眉开眼笑，顾不上我的调皮捣蛋，只顾和二娃搭讪。可是后来，二娃姑姑出嫁了，二舅好几天不说话，依旧坐在石凳上发呆。再后来，二舅也结婚了，舅母比二舅大好几岁，很瘦，病恹恹的，我一点不喜欢她。但舅母对我很热情，总是乖乖长乖乖短叫我。

结婚后的二舅很少来我家了，整日在地里忙活，一刻也不闲着。麦口上，二舅一边忙自家的，一边来我家帮忙。七八亩地，爹娘根本忙不过来。麦子熟了，成熟之快，可谓一眨眼、一阵风，呼啦啦满地尽披黄金甲。稍一疏忽，麦头就焦了，割麦时，满地的麦穗头，让人心疼。如果下雨，更是糟糕，连阴雨一下就是几天，麦穗在麦子上发芽，一年的收成就泡汤了。麦口，就是"龙口夺食"，麦口上，没有一个闲人。

那天，二舅帮我家割了一天麦子，最后他和我父亲累得直不起腰来，跪在地上割麦子。割完麦子，还要把一地的麦子运到麦场里，连夜脱粒。父亲心急，找来手扶拖拉机运麦子。那时我已上初中，能顶半个劳力了。我和弟弟妹妹把麦个子一个个扛到车旁，父亲用麦杈挑到车上，二舅负责装车，把麦个子麦穗头朝内，均匀铺好，不能装偏了，否则路上就有翻车的危险。我们谁也不说话，其实，是连说话的力气也没有了。又累又困，机器一样机械走动，只要停下来，就会一屁股坐在地上，再也不想起来。有时竟想，如果下暴雨多好，就不要出去干活了。

装完麦子，天已经黑了下来。麦垛黑漆漆的，小山似的耸立，二舅站在上面，柳枝一样摇晃，父亲吆喝一声，让他站稳。用手指粗的绳子，牢牢地勒住麦个子，勒出几道沟，麦个子低下头，撅起屁股来。二舅趴在麦垛上，不再动弹。二舅要压车。至今我也不明白，为啥要压车。我不想走路，也想压车，觉得在上面躺着一定很舒服。但是，二舅不让。

拖拉机喘着粗气，"呯呯"几声才摇晃着身子上路了。我们都跟在后面，深一脚浅一脚走着，路坑坑洼洼，很不平。前面拐弯处，车身剧烈颠簸了几下，二舅的身影就如一片大树叶子，从麦垛上飘了下来……

我至今也不能忘记那一幕，本来飘下来的应该是我。

好在二舅只是轻微脑震荡，没有生命之忧。二舅在医院里醒来，第一句就是："麦子收完了吗？"二舅的生命和麦子息息相关。

有人说，大难不死必有后福。可是，二舅又遭受一场劫难，也与麦子有关。

二舅五十岁那年，麦收时节，遍地金黄。麦口，麦口，这次二舅没有渡过这个关口。二舅吃过午饭骑车去麦地割麦子，被一辆疾驶的五征三轮车撞倒，五征车不顾二舅死活，驾车逃匿。二舅被发现时，一身全是血，已奄奄一息。送到医院抢救，好几天昏迷不醒。我去看他时，二舅躺在病床上仍是昏迷，血从耳朵里流出来，我一勺勺给二舅喂饭，他只是机械地吞咽着，饭汁从嘴角流出，我泪水哗哗直流，那个逗我咯咯大笑的二舅不见了，那个整日笑哈哈的二舅不见了，那个勤劳能干的二舅不见了……

后来，五征车始终没有找到，为二舅治病花了十几万元，亲戚朋友的帮扶只是杯水车薪，医院报销后二舅还是背负几万元的外债。更不幸的是，二舅落下严重的后遗症，脑子受撞，引发癫痫，一段时间就发作一次，口吐白沫，不省人事，再也不能干活收麦子了。但他知道为他看病欠了许多钱，每天都嚷嚷着去干活，表弟不同意，他就每天清晨早早起床，挎起粪箕子去拾大粪，春夏秋冬从不间断。麦地里堆了好多好多，根本用不完，麦子一个冬天都是绿油油的。麦口上，二舅常常放下粪箕子，蹲在地头，看着别人割麦子，满眼金黄映得二舅的脸也成了金色，二舅笑着，抚摸着麦穗，像抚摸着自己的孩子。

二舅清醒时，还记得我家，常常跑到我家帮母亲干活，有时还到隔壁二娃姑姑家门口转悠，也不说话，母亲心疼得直掉泪。

后来二舅的病越发严重，脑子越发不好使了。从前还能骑车找到我家，现在不能了，母亲说二舅已经一年不来了，可能不记得路了。

其实，二舅本该很幸福的。他勤劳能干，从不闲着，农忙时种地，闲时到工地干活，组建一个建筑队帮人盖房子。二舅，诚实善良，找他盖房子的人很多。二舅，第一家盖起楼房，村里没人比得上，日子红红火火。是那场车祸，毁了一切。

又到了麦收季节，麦浪滚滚闪金光，机器隆隆打麦忙。麦口上，我仍回娘家，只是再也看不到二舅的身影。我的二舅，你还好吗？我知道，无论怎样，二舅都离不开麦子，离不开土地，那是根，任何人都剪不断的根。

大姐

9月12日凌晨四点十分，大姐走了，终年76岁。

大姐，是婆婆的大女儿，我丈夫的亲姐姐。作为娘家人，下葬那天我们去送大姐，所有亲人都去了，在大姐的灵堂前痛哭流涕。妇女们蹲在地上，用手掩面，那哭声犹如荒野中狼群的悲嚎，绝望而哀伤，大嫂更是哭得起劲。男人们则大提琴般呜呜悲鸣，大哥哭得最伤心。大姐的两个儿子也陪着我们哭。我默默流泪，没发出声音。

走出灵堂，大嫂就和她两个女儿说说笑笑，拿起礼簿上的一瓶水咕噜咕噜地喝，根本想象不到刚才她还是哭声震天，悲到极点。大哥叫住女婿不知说些什么，刚才的伤心好像从来没有发生过。大姐的丈夫从一旁走出来，笑嘻嘻地和娘家人打招呼，还和我开玩笑说，"大作家也来了，贵客，贵客啊！"我只能苦笑，惊诧于前一刻悲悲切切，后一刻就能谈笑风生，更惊诧大姐夫毫无伤妻之痛，竟能满面笑容，如沐春风。

其实，大姐只比我母亲小三岁，我不知道她的名字，婆婆叫她老刘

（夫姓），我叫大姐。婆婆共计生了六个孩子，三个儿子，三个女儿。婆婆拉扯六个孩子很不容易，大姐是长女，读书只读到三年级就辍学了，帮家里干农活，帮母亲做家务，供弟妹们读书。大姐老实、善良，话不多，老黄牛一样只会任劳任怨干活，从不耍滑头，有点木讷。二姐就不同了，她能说会道，脏活累活哄着大姐干，还在母亲面前抢功，讨母亲喜欢。所以，我婆婆喜欢二姐，一直供她上到高中，最后也没考上大学。婆婆不喜欢大姐，即使结了婚也是如此，家里人也是这样。

那年月缺少吃的，我婆婆家属于沙土地，收成不好，麦子成熟得也早，地里的庄稼早早就收割完毕，婆婆就带着不上学的大姐到处拾麦子。后来到了离家很远的大闸，那里有婆婆的亲戚。大闸土壤肥沃，粮食产量高，庄稼成熟也晚。地里收完庄稼，还有漏掉的麦子，于是就有了拾麦穗的人。他们大多是妇女和孩子，一块地收割完，马上蜜蜂一样聚拢过去，眼睛猎鹰般在麦茬间来回扫射，发现一根，欣喜地弯下腰，如被岁月压弯的弓，整个身子几乎和地面平行，一只粗糙的手迅速准确地紧紧捏起麦秆，生怕来之不易的收货会从手里溜走似的。后来大姐长大了，仍和婆婆一起拾麦穗。大姐并不漂亮，黑黑的脸蛋，一双眼睛却亮闪闪的，很清澈，特别是两条长长的大辫子，特别引人注目。她身材很好，虽然瘦小，却玲珑有致，如田野里的那枚麦穗，干净朴实。汗水浸透薄薄的衣衫，凸显她窈窕的身材，阳光洒在她身上，勾勒出一幅美丽的剪影。

就是那时，大姐偶遇现在的大姐夫，大闸村的。那时，他还是一个漂亮的小伙，特别是那双大眼睛，有勾人的魄力。于是，情窦初开的大姐，魂就被他勾去了，何况他还有文化，在村里小学教书。大姐夫也看中了大姐的身材，还有她的长辫子。当时已有人给大姐介绍对象，是邻村的青年，老实本分，家里也很殷实。可是大姐死活不同意，就相中了有学问的大姐夫。人啊，就是命。据说，后来那个邻村的青年很有出息，还成了村里的支部书记。而大姐跟了大姐夫，一生惨淡，毫无幸福可言。找对象千万不要被相貌迷惑，而要注重人品。

大姐嫁给了大姐夫，和在娘家一样任劳任怨。没多久，大姐的婆婆得病撒下两个儿子走了。大姐夫是老大，还有一个上学的弟弟。公公外号憨三发，不善言辞，只知道干活。大姐既要伺候公公，又要抚养小叔子。长嫂如母，大姐给了小叔子母亲般的爱，直到他当兵考上军校，做了官。

大姐夫在学校教书，不务正业，游手好闲，家里十多亩农田都是大姐耕种，每到秋收季节，大姐地里家里忙里忙外，累极了，才到娘家搬救兵。我婆婆见到大姐就唠唠叨叨，每每数落大姐，大姐也不敢还嘴，任我婆婆辱骂。自己选的老公，怪谁呢？她自觉对不起娘家人。

后来，她老公出轨女同事，被人家上告，丢了工作。他把一腔怨气撒在大姐身上，家暴，大姐不敢告诉娘家，怕我婆婆又骂她，一个人忍了又忍，还一连生下三个男孩。大姐柔弱的肩膀担起全家七口人的责任，老的老，小的小，终于积劳成疾，落下一身病，脑梗、糖尿病等。大姐不敢过多依赖娘家人，虽然有三个弟弟可以为她撑腰，为她出气，她怕连累三个弟弟，更怕我婆婆生气。婆婆是个暴脾气，连我公公都怕她，何况老实巴交的大姐？大姐没出嫁时，稍有不对，我婆婆就打她，擀面杖都能打断。但大姐很孝顺，经常给我婆婆买吃的穿的，那个只会花言巧语的二姐除了从娘家捞东西，从不给我婆婆买礼物！

大姐夫凭一副好皮囊，任意风流，经常寻花问柳，一次次伤害大姐。大姐在地里劳作，他却到城里跳交谊舞，跳着跳着就和人好上了，夜不归宿。即使七十多岁，大姐躺在病床上，他仍然坚持跳舞，不伺候大姐。还大言不惭地说，我自己能照顾自己就不错了，哪有精力照顾她！人说，夫妻本是同林鸟，大难临头时各自飞，果真如此！

可大姐依然不离不弃，从不提离婚，替老公一直照顾年迈的公公，抚养三个孩子。公公生病住院，她老公不照顾，都是大姐床前床后，如女儿一样伺候公公，直到披麻戴孝把老人送走。村里人都夸大姐孝顺、善良。大姐病逝后，村里人对大姐的老公指指点点，说：该走的不走，不该走的走了！我想，大姐一直是爱着老公的，至死不渝的爱情，即使被伤得遍体鳞伤，也不分离。

自我过门嫁给老公，大姐是唯一一个疼我的人，痛失大姐，让我非常难过。

最后一次见大姐是多天前的县医院病房内，大姐如一张弓蜷缩在病床上，瘦骨嶙峋，脸上乌紫烂青，说是摔倒后留下的。大姐脑梗，走路不稳，骑车出门买药摔倒，磕碰脸部，浮肿变形。消肿后脸成了酱紫色，就如一枚皱巴巴的紫茄子，毫无生机。病房里，没有其他亲人，一个漂亮的女护工照顾大姐，负责大姐的起居生活。

大姐的三个儿子一个都没在身边。其实，大姐还有一个女儿，可她也没伺候大姐。

大姐的大儿子长大后当了兵，复员后娶妻生子，还在城里买了房。两个孙子，因儿媳工作忙没时间照顾孩子，都是大姐看大的。年前，大儿媳因病撇下两个孩子，走了。白发人送黑发人，大姐很伤心！

二儿子，当兵复员后在市里上班，娶了一个漂亮的发廊妹，没多久就离婚了。现在四十多岁仍是孤单一人。不过二儿子很孝顺，大姐在市院住院，都是二儿子请假照顾她，可是儿子不结婚始终是大姐的心病。

三儿子大学毕业后继续读博，一直在外面求学，四十多岁了也没结婚，他很少回家，去年去美国发展，也没有固定工作。现在老母亲走了，他也不能回国见母亲最后一面。

其实大姐没生女儿，只有三个儿子。大姐的小叔子很有本事，大学毕业后，在南京军队是团级干部，大姐的三个儿子除了老三是自己考上大学，自己找工作，老大老二都是当兵复员后国家安排的工作，当然，这也有小叔子的功劳。大姐的亲妹妹二姐有两个女儿，为了给小女儿一个好前程，沾沾大姐小叔子的光，在二姐小女儿一岁多时，就让大姐抱回家抚养，当然这里也有我婆婆的出谋划策，婆婆一向偏袒二姐，二姐能说会道，花言巧语哄骗了老实善良的大姐。大姐含辛茹苦把女儿拉扯大，后来考上了大学，没能当兵，没有沾上大姐小叔子的光，等到女儿大学一毕业，二姐就把女儿要了回去，不再是大姐的女儿。我不知道大姐当时的心情，也许伤心到极点，泪流满面。只是大姐从不告诉别人自己的伤痛。大姐生病住院，没人照顾，请了保姆，这个大姐养了20多年的养女也没在病床前伺候大姐一天，忘恩负义，如她亲娘一样的品质，让人不齿。我为大姐不值，可大姐毫无怨言，并没责怪养女一句。善良的大姐，把所有的苦都咽进肚里。

大姐对每一个亲人都掏心掏肺。我嫁到婆家后，大姐一向很疼我，如我母亲一样，我也很尊敬大姐。我工作忙，没时间做家务活，大姐就蒸了馒头给我送到家。还给我和我的两个孩子做棉鞋，一针针，一线线都是爱和温暖。地里收的东西，骑车二十多里给我们送来。大姐知道我喜欢吃柿子，就摘了满满一大包，气喘吁吁爬上四楼，亲手交给我。家里收的黑豆，也给我送来，说是黑豆补肾，对身体有好处。现在厨房里大姐送的黑豆还没吃完，每每用它打豆浆，我就想起大姐，禁不住泪湿衣衫，为什么好人不常在啊！

　　我和大姐相处时间最长的一次是在十年前。那天下班路上，我出车祸伤了腰椎，住院治疗，老公说没时间照顾我，我也不敢告诉我父母，怕二老担心。是大姐在家做好饭，送到病床前。我不能起床，身体、精神双重折磨，吃不下饭，她熬了米粥，用汤匙一勺一勺喂我，苦口婆心劝我好好吃饭，好好活着。我们相拥而泣，两个苦命人同命相怜，互相温暖，是大姐的爱支撑我一步步挺了过来。大姐如母，给了我爱，给了我温暖，也给了我活下去的勇气。

　　现在大姐走了，结束了她伤痛的一生。送大姐时，大姐所谓的娘家人的表现让我吃惊，我不知道她们为什么会如此，为什么死了亲人却如此平静。也许看惯了生死，看惯了世间悲戚，对什么都已麻木。我默默流泪，不想让别人看见。送大姐到墓地，只有小小的骨灰盒孤零零躺在黑色的墓碑下，墓碑上刻着大姐的名字，这时我才知道大姐叫孙远霞。大姐，我走了，你别怕孤单，一个人时找白云说说话，和清风拉拉呱，它们和你一样是这个世上最干净最纯洁的美好。

哑巴

哑巴死了。

哑巴和我同岁，按辈分，我该叫他叔，村里好多人去他家叠纸钱，烧纸，我没去，我觉得，祭奠他就好像祭奠我自己。

哑巴是苦命人。母亲生下他，没粮食吃，仅有的一点点粮食留给了孩子，她饿极了，就吃观音土，肚子胀得像个大鼓，脚也肿得穿不上鞋子，最后丢下四个孩子走了。

母亲死后，幼小的哑巴跟父亲长大，哑巴有两个哥哥，一个姐姐。

大哥叫大斤，很聪明，上学考试常常是前几名。但他读完小学就辍学了，瘦弱的大哥，要帮父亲撑起这个家，抚养两个弟弟，一个妹妹。后来，大哥在生产队做计分员兼会计，从没出过错。再后来娶了一个外地女人做媳妇，有点聋，大家都叫她毛田，我也不知道，到底是姓毛还是姓田。后来，大哥得了癌症，丢下三个儿女，也走了。毛田改嫁，跟了我们村的前任老支书，比她大好多。那时，哑巴刚刚长大成人。

二哥叫二斤，脑子不好使，有点憨，一辈子也没娶上媳妇。由于和嫂子经常闹矛盾，就在老宅子前面盖了三间房，单住了。

姐姐叫娇妮，长我几岁，我叫她姑姑，和我是同学。我上学早，年龄小，有男生欺负我，姑姑就护着我。后来出嫁，嫁给邻村一个男人，听母亲说并不幸福，前几年和婆婆吵架，喝农药死了。我曾做梦梦到过她，可能是忘不掉姑姑对我的好吧。

哑巴的父亲老实巴交，除了出力还是出力，一辈子没有走出过村子，最远的地方就是小县城了。娇妮死后，他生了一场大病也走了。最后只有哑巴、二哥以及三个侄子、侄女相依为命。

哑巴姓黄，但没有名字，我们村的大人小孩都喊他哑巴。常常是他在前面走，一些俏皮的孩子就跟在他后面，大声喊叫，哑巴——哑巴——哑巴于是停下来，回过头，挥舞着拳头，啊——啊——愤怒地大叫几声，就继续走他的路了。

哑巴，长得并不差，高高的个子，眼睛大大的，常常望着天空发呆。脸又黄又瘦，嘴巴很大，发出"啊啊"的叫声时，能塞进一个大苹果。小时他也很聪明，当年知识青年上山下乡，我们村有个知青，大家都叫他小朱，住在哑巴家附近的，晚上没事他教哑巴识字，哑巴一学就会，小朱和哑巴父亲商量，要送他去特殊学校读书，可是他父亲不同意，花钱不说，还耽误工分。为这，哑巴啊——啊——大叫了好几天。我去上学，哑巴常常跟在我身后，到了学校，趴在教室的窗户上看我们读书，等老师来了再折身返回。这样做了好久，可能是像他姐姐一样保护我，抑或是更渴望学校生活吧。

哑巴果真是劳动的好手，十几岁就是家里的顶梁柱了。为了大哥几个年幼的孩子，哑巴拼命挣钱供侄子侄女读书。农忙时种地，和他二哥一样吃苦，耕地、插秧、收种，一点都不惜力。农闲时，就去拾粪、捡煤。跟着人家的牛车，一跟就是几十里，拾粪换工分。我们村后是煤矿，挖煤时，一些废石碴从井下运上来，堆积成山，我们叫矸石山，经常有黑黑的煤炭夹杂在里面，还有木头废铁之类的。哑巴就去捡煤炭。冬天，北风呼啸，十几米高的矸石山被井下的废水一浇，好似大冰块，又冷又滑。哑巴踩着黑黑的矸石，扒开石头，捡拾缝隙的煤，手指磨破了，露出红红的血肉。煤，冬天可以烧饭取暖。拾的焦炭，拉到城里的石灰窑卖钱，一分钱一斤，一车炭千余斤，拉到城里，衣服都湿透了，汗凉下来冻得直打哆嗦，却只能卖十块钱。

后来，哑巴就干泥水匠。泥水匠有大工、小工之分，大工就是砌墙，是技术活，钱多。必须认师傅，出了师门才行。小工，没有师傅，就是搬砖提泥的苦力活，不需要啥技术。哑巴是小工，他勤快不偷懒，一个人顶两个人用，村里哪家盖房子都喜欢用他。那年我家盖房子，哑巴来帮忙。我上高中，就请假回来，哑巴不让我干活，见我搬砖，他一下子夺过来，张开大嘴，啊——啊——对着我直喊。我莫名其妙。父亲说，哑巴是让你回去读书。

我考上大学，很少回家。每次回来，有时在街上遇到哑巴，哑巴就跟我回家，像小时候一样护着我，保镖一样，好像还担心有人欺负我似的。我帮母亲做饭，他则倚在我家门框上，高高瘦瘦的身子如竹竿斜插在地上。衣服很旧，但很干净，脚上竟然穿着一双黑皮鞋，傻傻地看着我和母亲笑。母亲捧给他一把花生，他装在口袋里，又是一阵"啊啊"大叫，也不知说些什么。

后来，我回娘家极少看到他。母亲说，哑巴病了，在徐州住院呢，是肝癌。我的心猛跳了几下，有点疼。母亲又说，哑巴有低保，公家给看病不要钱，侄子侄女结婚了，都在外地，不能照顾他，都是他憨二哥照顾。唉，这孩子，苦啊！半辈子忙忙碌碌，都是累的。我没说话，那个竹竿一样高高瘦瘦的男孩，现在会是什么样子呢？

又过了一段时间，大概一年后，母亲说，哑巴好了，能在村里走动，只是脸色不好看，黄黄的，还见他在集市上买菜呢！我"嗯嗯"两声，心想，哑巴会好吗？但愿佛祖保佑吧！哑巴是贫困户，完全可以在医院一直住着，有空调，有医生看病，不花自己的钱，和那些城里的干部一样让公家养着多好！母亲接着说。我笑了笑，母亲哪知道，干部住的啥，吃的啥啊，人家没病，是疗养！而哑巴，是真的病着呢，而且是治不好的病。哑巴却不占公家便宜，稍好一点就回家来了，自己买菜做饭吃。

现在，哑巴死了。我知道这是早晚的事，还是感到很难过。这个和我同岁的三叔，终于走完平凡而又不平凡的一生。

哑巴走后，他二哥在他床下，找到一个包裹，里面竟然包了近万元现金。

认识许波银，是在江苏省作家协会新会员培训会上。

那天中午，天气很热，太阳火辣辣的。听完一堂课，全体会员到室外合影留念。一个面相憨厚穿着朴素的女子，扶着一个戴墨镜的男子坐在我前面，而且还一个劲地嘱咐他扶好坐在他身边的另一个残疾作家。我不禁多看了几眼墨镜男子。他很是与众不同，即使戴着墨镜，也遮掩不英俊的面庞，身材高大魁梧，白色衬衫的胸前位置印着一面鲜艳的五星红旗，军绿色裤子，一双黑皮鞋擦得锃亮。白衬衫用黑皮腰带束在裤子里，更显得气宇轩昂，风度翩翩。我很是纳闷，他为什么戴着墨镜，难道是盲人？

合影结束，女人挽着墨镜男子的胳臂慢慢地走回培训厅。我不禁留意起这对特殊人物。听课的时候，墨镜男子笔直地坐着，静静地听讲，不记笔记，一直用手机录音。桌子上，还放着几本书，大概是出版的作品吧。课间，女子又挽着墨镜男子的胳臂去洗手间，看他们如此亲密无间，一定是夫妻了。中午吃饭的时候，两个人坐在一起，女子帮男子打饭，还帮男人夹菜，有说有笑，果真是夫妻。

下午课间休息时间，再也按捺不住好奇心，我和同伴葛宇一起走向这一对特殊学员。当然要先问一问男子戴墨镜的原因，男子微微一笑，并不觉得尴尬，还热情地握住我们的手说，我叫许波银，来自南通，是一个盲人，这位是我的妻子。女子也微微一笑，微胖的身子靠着丈夫的肩头，幸福自豪，她连忙对我说，许波银是在对越自卫还击战中受伤的，为了救一个战友，被地雷炸伤，双目失明，一级伤残，战斗英雄，已经失明30多年了。听后，不禁肃然起敬，无法想象，一个风华正茂的小伙子失明后的忧伤，那一年，他才21岁啊！许波银向我们伸出左手，只见手背上伤痕累累，有许多伤疤。他平静地说，至今手上和身上还有二十多个弹片没有取出来呢！

许波银很健谈，说说笑笑，如夏日的阳光，明媚热烈，好像在他那里什么事都不是事。他说，他1983年入伍，84年赴滇参战，参加了排雷敢死队，1985年3月在老山战役中，为了给部队开辟通道，他一连排了300多个地雷，谁知连环爆炸地雷出现了，他身边的战友踩到一根藤条，触动了爆炸装置，导火索嗤嗤地燃烧起来，他一把推倒战友，用身体挡在战友前面，地雷爆炸了，英雄倒下了，一双明亮的眼睛留在了老山的土地上，留在祖国的版图上。他说，他也有想不开的时候，毕竟刚刚21岁啊，大好青春年华才刚刚开始。他在一个人的时候默默流泪，他在有风吹来的窗口独自发呆，甚至，他在静寂的屋子不吃不喝，任岁月的花一天天凋零，让时间的河水在指尖一点点流逝。但是战友没有忘记他，领导没有忘记他，祖国没有忘记他。劝慰，鼓励，鼓励，劝慰，英雄又站起来了！他开始文学写作，学习声乐，用文字书写一个军人对战友的爱，对亲人的爱，对祖国的爱。用歌声赞美生活，赞美党，赞美祖国的富强！他还到处演讲，做公益，在小学，在中学，用自己的亲身经历激励孩子们热爱祖国，不屈不挠地对待生活。1992 年开始发表文学作品，并多次获奖，被评为自强不息标兵、英雄歌手。用生命诠释一曲血染的风采！

许波银娓娓道来，平静如水，好像诉说别人的故事。后来，2014年，他学习按摩，领取高级盲人按摩证，创办便民推拿服务站，用自己有力的双手传播爱，免费给军人及军人家属、孤寡老人等按摩身体，一直坚持做公益，被评为江苏好人。他还成立追梦广播艺术团，通过文学创作和语言表演艺术的形式，讲述中国盲人的故事。黑暗给了他黑色的眼睛，他却一直在寻找光明。一个军人用一副墨镜，把生活的假恶丑过滤成真善美，把一颗心捧给家乡的父老乡亲，捧给全国的孩子们，捧给这片土地上对生活有期待的人！

多么可爱的灵魂啊！许波银，你让我们看到了黑暗中的一星灯火，瞬间就燎原了整个大地！他的眼睛看不见，但心里一片光明。妻子像个邻家大姐，热情地为我们拍照留念，许波银宽大的手掌搭在我和葛宇的肩头，如邻家大哥一般温暖。这个魁梧英俊的汉子，敢死队都敢参加，地雷都敢去踩，生活中还有什么可以打倒他呢？

三天的学习生活结束了。妻子挽着他的胳臂，即将离开，真的有点舍不得，一转身也许就是永别。他从包里拿出一本书送给我们，这是他2021 年出版的散文集。我接过来，沉甸甸的，分明是生命的重量。我闻到新书的清香，闭上眼睛，淡淡的墨香里，《我的夜不再黑》恰如一朵花的芳香，在黄昏的暮色里，荡漾开来……

为什么我的眼里常含泪水

——给女儿的一封信

亲爱的女儿你好！

已经记不清你几次没回家过中秋节了，原说这个中秋回家的，可你依然没来。

你的房间，我收拾得很整洁，换了新被褥，新被单，甚至在床头还插了一束鲜花，那是你喜欢的百合花，白色的百合，清纯高雅。直到百合低下她高贵的头颅，也没等到主人到来。

窗外，月光掩映在云层里，时隐时现。月色朦胧，悬挂着淡淡的忧伤。霎时月亮又把一轮清辉洒向人间，整个世界都成了玉琢的童话。

九年前吧，你大学毕业，校园招聘到徐工做财务。记得第一次送你来徐工，单位派车到火车站接你，一起的还有四个刚毕业的大学生，好年轻啊，二十刚出头的小伙子，好像中午九十点钟的太阳，揣着梦想，揣着一腔的热血，从全国各地来到了这片热土，来到经开区的家——徐

029

工人才家园。

这里是大学生公寓，小区环境幽静，各种花的香，氤氲在空气里。有桂花香飘来，好似五脏六腑都是香的了。后面是大片大片的田野，还有瓜果挂在田间地头，一派田园风光。离天和地越近的地方，离虚荣和贪婪就会越远，离淳朴和善良就会越近。小伙子们争着帮我拿行李，我知道你们都是淳朴善良的孩子。

那年中秋，别人都回家了，回家和父母团圆。你没回家，你要学习，提升自己，考注册会计师。不断充实自己，才能工作得更出色。你说你的上司就是榜样，一个刚满三十岁的青年，即使是开车上下班的路上，都听着外语，绝不浪费一分一秒的时间。月色如水，照在你的书桌上。中秋，只有她陪着你，陪你一起一遍遍听讲课、录音。夜深了，月亮也回家了，你仍然端坐在书桌前，读着，写着，算着……那瘦瘦的背影，倔强地挺立着。饿了，嚼一口月饼，月光下我分明看到，你眼里噙着泪水，却始终没有落下。我倔强要强的女儿啊，你让娘真的心好疼！外面秋虫唧唧，静夜里，一条印满你脚印的小路，伸向远方。即使世界充满黑暗，布满荆棘，你前进的脚步一刻也不停下。

周六，你和你的同事没去繁华的市里，享受灯红酒绿的奢华，享受谈情说爱的甜蜜，却在办公室加班。冰冷的数字，复杂的文件，烦琐的工作，谁怕？一蓑烟雨任平生！一张张严肃淡定的年轻面孔，是坚定，是自信，是舍我其谁的豪气。班车上，你斜躺在座位上，闭着眼睛不说话，我知道你累了，连续工作，还要挑灯夜读，怎么会不累！我勤奋敬业的女儿啊，多么想让你美美地睡一觉，可是，成功只垂青那些雨中拼命奔跑的人，没有伞的孩子只能靠自己！没有一个人是随随便便就能成功的，一个企业也是。没有这些孩子汗水的挥洒，怎么会有徐工的腾飞！让青春在工作中飞扬，让岁月在汗水里不老。数不清有多少这样的日子，九年了，九年了啊！这些后生，这些天之骄子，一天天长大，徐工亦一步步崛起，走向世界，成为中华大地不倒的丰碑！

那个夏天，你身体不适，胃不好，早上往往来不及吃早饭就去上班，偶尔还可以，经常如此，怎么会不得胃病呢？我熬中药给你调理，你是娘的心头肉，一点点不好就牵动着娘的心。可是，煎好药，你常常忘记喝。对工作你一丝不苟，怎么会这样不爱惜自己呢？那天你又忘记喝药了，我骑车去单位给你送药。天好热，柏油路面都晒化了，车轮轧上去软绵绵的，没骑多久就感觉喘不过气来，汗水浸透了上衣，可为了你，娘做什么都值得！是啊，人间值得，因为你！

到单位刚刚 11 点，你打电话说在忙，一个小时才能出来。我只好在大门口的树荫下等你。大门内一座座写字楼巍峨气派，假山池沼点缀其间。高高的旗杆，五星红旗迎风飘扬。这里就是徐工的心脏，这里就是徐州的骄子，这里就是让世人仰望的明珠，这里就是年产一百多亿的巨龙！更何况这里是你工作的地方，我为你骄傲，我为徐工自豪，更为能成为千千万万徐工孩子母亲的我而骄傲！远处的宝莲寺传来悠悠钟声，耳畔风声猎猎，红旗招展。从来没有什么救世主，也不靠神仙皇帝，要创造人类的幸福，全靠我们自己！

唯恐药太热，你喝不下去，我用手掌风慢慢扇着，好心的门卫给我搬来一个小凳子。不知过了多久，你终于出来了，我把不冷不热的药递给你，可是，你只喝了两口就匆匆坐上同事的车出差了。望着你远去的身影，我能说什么，一声叹息而已！我明白，脚下没有平平坦坦的路，把所有的疼踩在脚下，你才能成功！

后来，你弟弟大学毕业也去了徐工，我把你们两个孩子都交给了徐工，徐工成了我的亲人。每当电视有徐工的消息，我都激动万分。习近平主席来徐工了，你们看到了习近平主席，我更为你们自豪，因为军功章里也有我孩子的功劳。

近年，新冠病毒肆虐，娘担心你，也担心你弟弟，他经常出差，全国各地各处跑，无锡、常州、南京、上海，还去了最南边的海南。他每到一处都揪着娘的心，叮咛再叮咛，戴好口罩，照顾好自己。此刻，你弟弟在江阴，那里正下着雨，台风即将来临。你却对我说，弟弟长大了，让他自己去经历风雨，好好磨炼自己！这些道理我都懂，可是在娘的眼里，你们永远都是长不大的孩子。儿行千里母担忧，我只是一个母亲！我知道你一直没忘记在雨中奔跑，你是个优秀的孩子，多次被评为徐工优秀工作者，进入徐州优秀人才库。娘为你骄傲，为你自豪！你是你弟弟的榜样！

娘一直操心你的婚事，这是娘心中最深的疼，为此我常常失眠。你已近而立之年，我不能不着急啊。我知道，为了工作你放弃了许多次机会，可是没有小家，又怎能组成大家？不能因为工作而舍弃个人幸福，不能因为梦想而不正视现实。古希腊哲学家泰勒斯喜欢研究黑暗的星空，那神秘莫测的天空无时无刻不在召唤着他，吸引着他。有一次，他仰望星空，却没有专注脚下，以至于一脚踏空，跌入深坑，陷入困境。他看得见天上的事情，却看不见脚下的东西，忽视了脚下的路。年轻人，既要敢于仰望星空，也要学会脚踏实地。仰望星空时，也不忘脚踏实地，生命才会演绎得更加圆满。娘希望你尽快找到属于自己的幸福，了却娘心头的一大心事。

我的孩子啊！世界是你们的，也是我们的，但归根结底是你们的！少年富则国富，少年强则国强！徐工因为有你这样的孩子而腾飞，祖国也会因为你们年轻人而富强。你们是国之栋梁，也是国之脊梁！

月色如水，一片空明，百合花在月光下闪着温润的光。眼前闪现你清秀的面孔，禁不住泪水盈盈。

为什么我的眼里常含泪水，因为我爱你，爱你的弟弟！我也爱你们脚下的那片热土！

你的妈妈

2022.9.10

写给女儿

　　女儿，看到你发的信息，我哭了好多次。读一次，哭一次。窗外的雨下得很大，豆大的雨点敲击着窗台，瞬间飞溅开去，如我支离破碎的心。

　　你和你弟都是我的心头肉，岂有不疼之理！生你时，妈得了病，妊娠综合征，高血压，头疼欲裂，而且胎位不正。妈不敢吃药，怕对你有影响。后来乡医院怕我有危险，转院到了县城医院。腊月天，大雪封门，滴水成冰。傍晚我肚子疼，就上了产床，谁知羊水破了，你是难产。当时，医院没有暖气，在产床上我冻得直哆嗦，又疼又冷，我手抓产床，发出阵阵哀号，一直折腾到天明，你才降临人间。刚生下来你不会哭，也许和我一样折腾得没了力气，也许刚开始你就对这个社会以沉默抗争，你是个有个性的孩子，一开始就是。医生抓起你的双脚倒立，使劲拍打了一下，你才发出第一声哭声。刚出生你很瘦，只有五六斤，我没有奶，只能喂你奶粉。夜里你哭闹，没人给我搭把手，你爹睡得死死的，也许是重男轻女吧，我生女孩，他不高兴。母以子贵，可你是女孩，从此，喂奶，洗尿布，都是我一个人。这也不怪他，当时只许要一个孩子，他希望是男孩。

在你奶奶家待了一个月，不得不把你送走，你爹要有个儿子传宗接代。女人生孩子，就是过鬼门关。我不想再拿生命做赌注，可是，这哪里由我做主，我不得不听从孙家的安排！好在是把你送到你姥姥家。

你在你姥姥家长大，你外公外婆接替了我的工作，洗尿布，喂奶粉。天很冷，你外公砸开冰凌，在河里给你洗尿布，手都是冻裂的血口子。他像女人一样给你换尿布，你哭闹，夜里是他抱着你在屋里走来走去，一直走到天亮。就这样，你在你姥姥家慢慢长大，他们把所有的爱都给了你，就像小时候他们爱我一样。

可是，我也想你。那时没有双休日，只周日休息一天，每到周日，我从王店骑车到你姥姥家，三四十里路，无论夏日炎炎还是大雪纷飞，我一如既往。我怕喂养的鸡蛋没营养，就买土鸡蛋让你吃，买最好的奶粉给你喝，那时最贵的是"燕牌"奶粉，九元九。妈妈的工资才一两百元，我不舍得吃穿，更别说化妆品了，以至于去菜市场，人家都把我这个当老师的大学生当成农村大妈，问我是哪村的，我只有苦笑。

一岁多你学会走路了，很淘气，经常把和你同岁的表哥打哭。一次，你拿起铁铲砸在他头上，他哇哇大哭，你却高兴得大笑。你小姨也没责怪你，你姥姥一家都很疼你，一直到现在依然如此，经常念叨你，问你的生活，问你的个人问题，因为他们是最善良的人！你也是个善良的孩子，因为你身上流着他们的血，你在南京上大学时，去市里买东西，回来时发现老板多找你十几元，你又坐车回去，把钱给了人家。

后来你又去你奶奶家住，你奶奶和你姥姥轮番照看你。你奶奶性子暴躁，没有耐心，你哭闹就挨打，我知道你受了不少委屈。有一次，你奶奶不想照顾你，就和你爹闹，你爹一气之下想把你摔死，是你爷爷紧紧护着你，把大门插死，不让你爹靠近。当然你爹也是做做样子哪会真的摔你。你爷爷是好人，可惜好人不常在，你还没来得及孝顺他，他就走了。

两岁半时，你爹停薪留职去上海跑运输，我带你也去了上海，你应该记得一些事。我边照顾你边给你爹和驾驶员做饭，住最差的房子，吃了不少苦，但也度过不少快乐的日子，我带你去长江看轮船，看大江，去影院看电影。记得当时你第一次看电影《辛巴》，你天真地问，这里的电视怎么这么大啊？你没有玩具，上海是有钱人的世界，人家丢弃的洋娃娃你宝贝一样捡回家，那是一个穿红色衣服的洋娃娃，手脚都能转动，金色的头发，蓝色的眼睛，非常漂亮，那是你童年最奢侈的玩具了。大上海灯红酒绿，那是富人的天堂，我们只是过客，是穷人，妈妈也穿过人家丢弃的鞋子。每个人都有不堪的日子！

有一次，我抱着你回老家，在上海火车站，我把你放在电话亭门旁，让你不要动，我去里面打个电话就出来，谁知打完电话，门亭旁哪里还有你的身影！当时下着雨，我一声声呼唤你，心急如火，雨水泪水模糊了双眼，见一个人就问，看见一个两岁多的小女孩了吗？看见一个两岁多的小女孩了吗？没有，没有，没有……我绝望至极，如果找不到你，我也不活了！当时我真的是万念俱灰，你是我的孩子，是娘身上掉下来的肉，我怎么能不着急！一转身却发现不远处你被一个妇女领着，我立马跑过去，你哭得满脸都是泪水，女人说，正想交给警察呢。我喜极而泣，紧紧抱住你，像抱住一个失而复得的宝贝。感谢上天没有抛弃我，让我没有失去你！

一年后，我们回到老家，你弟弟呱呱坠地，和你一样也是难产。后来，你上了小学。从小你弟弟体弱多病，每个星期都往医院跑，妈妈要上班，还要照顾你和弟弟，身心交瘁。你奶奶爷爷不能照顾你们，说是年纪大了，家里还有地要种。你外公，你姥姥，你舅舅，放下手里的活，再次像照看你一样轮番照看你弟弟，你外公一边照看你们一边做饭，饭做咸了，不合你爹的口味，你爹就筷子一摔，大声斥责你外公：这么咸，你自己吃吧！你外公偷偷抹眼泪，为了女儿，他忍气吞声！你还小不懂眉眼高低，只知道贪玩，和曹淼、慧超一起上学放学。放学路上，一玩就是半天，不喊你吃饭你就不回家。没人照看你弟弟时，他就在我上课的时候，趴在讲桌下面玩，一待就是一节课，满脸满手都是灰尘，那时你弟弟很乖，也许知道妈的不容易吧！你也带着你弟弟玩，他跟在你后面像个小铃铛，你们在屋子后面的土堆上捉迷藏，逮了龟，烤玉米吃，也许那是你最快乐的童年了吧！

你上三年级的时候，我调到城里学校教书，为了你们两个有个好的教育环境。你在歌风小学读书，没有房子，我们租房子住。那时，你弟弟还小，没上学，依然体弱多病，一哭就憋过去，很是吓人。给你弟弟定了牛奶，没给你定。也许是因为你弟弟体质不好，也许因为你长大了不需要喝奶，也许因为当时条件不允许，反正没有给你定牛奶。没想到，这成了你一生的痛！早知如此，妈不吃不喝也让你喝上牛奶啊！

生活的拮据，工作的压力，让这个家失去了安宁和温暖。你知道你爹的脾气，动不动就打人，大男子主义。他认为洗衣、做饭、带孩子都是女人的活，男人不该干！因为这经常吵架，我要工作，还要做家务，三十多岁就像一个老妇人，憔悴不堪！

无论怎样，妈妈是爱你们的。也许因为妈妈是个性格内向的人，把所有的眼泪都埋在心底，不敢向你姥姥诉说，怕他们担心；不敢向朋友诉说，怕他们笑话。所以我藏起一切不幸，咽下所有的眼泪。只是，实在承受不了，就拿你们出气，这是妈妈的不对！现在妈妈已经看开了，我也放下了，日子还要过，不能天天迫害自己！难得糊涂，其实就是一种智慧。水至清则无鱼，也是这个道理吧！

你读高中时，你努力学习，一切靠自己，衣服都是自己洗，这未尝不是一件好事。苦水泡大的孩子，自立自强。虽然这样，妈妈并没有放弃对你们的爱，高中三年，妈妈也曾做饭给你送去，你弟弟我给她送了两年。妈妈是称职的妈妈，不能让你们受委屈。后来，你考上大学，我们都很高兴，还专门去南京送你，那时你无忧无虑，开开心心，什么都不放心上，我笑你是个没心没肺的孩子！

女儿，你要学会放下怨恨，学会感恩，想妈妈对你的好。这样你就很开心了。就如我，做自己喜欢的事，写作，锻炼，忘记烦恼，开心生活。其实，你心里明白爸妈是爱你的，只是你钻牛角尖，不肯回头。还记得吗？那个暑假，天气很热，在碧螺山庄，我给你熬好药，骑车送到你单位。路上我骑着车，汗流如注，太热了，柏油路都晒化了。到你单位，门卫不让进，我在大门口等了你一个多小时。怕药太烫，我把它吹凉，你只喝了两口就不喝了。

还有一次，你放假在家，下了大雨。我们在街上逛街，有一段路都是水，你穿着鞋子，妈担心你湿了鞋。我脱了鞋子，光着脚把你背过去。其实，应该是你背着妈妈过去啊！

你在徐州上班，给你买了房子，虽然不是全款，我们也是尽其所能。只要有时间我就过去给你做饭，陪你度过周末。那时，你没有这么多怨气。不知为什么，现在你变了，妈妈还是那个妈妈，可是你呢？也许长大了，心思越来越多了，孩子！放下，才能快乐！

妈妈很欣慰，你一直是个上进心很强的孩子，上班很辛苦，还要天天学习到深夜，你的努力决定你未来的高度。

关于你弟弟玩游戏，我们也很生气，我也骂过他好多次，他都把电脑给砸了，不还是玩游戏吗？我也让你劝过他，可是都没有效果，恨铁不成钢，没有办法啊！

现在你弟弟越来越大了，他会体谅父母的辛苦，总有一天不再玩游戏。做个有责任、有担当的男子汉！你爹他确确实实是爱你们的。家里有什么好吃，给你们留着。给你们买房买车，鞠躬尽瘁死而后已！等他年纪大了，心会回来的，一心一意为这个家。你如果能找个好婆家，我就更放心了！生活会越来越好的，妈妈期盼有那么一天！只要齐心协力，我们仍然是"相亲相爱的一家人"，还记得你给我们家庭群起的这个名字吗？你怎么能够首先退群了呢？

孩子，放下一切坏心情，相信爸妈，我们永远爱你！永远爱你和你弟弟！我们永远是相亲相爱的一家人！！

晚秋，大地
为你静默

这个秋天，有太多的伤痛流过岁月的河。疫情封控，不能进出小区、不能上班、不能看望病中父母。从门到窗子七步，从窗子到门七步。日子单调地重复着，小城摁下了暂停键，一城静默。

生活如水，那一日却激起惊天巨浪。宋老师在群里说，胡成彪先生意外摔伤住进了医院，昏迷不醒。我大吃一惊，默默祈祷，阿弥陀佛，愿先生吉人天相，度过一劫。谁知几天后，宋老师又在群里说，先生已经驾鹤而去，永远离开我们了。真的不敢相信，先生走得那么急，往日音容笑貌，犹在眼前，谆谆教诲，还在耳边，而今竟是阴阳两隔，天涯两端，永生不得相见！先生，别了！天堂走好！转身却是泪水潸然，悲痛之情不能自己！

最后一次见先生，先生满面春风，何其潇洒，虽是几个月前，但网络上经常见先生，为先生的抖音作品点赞，先生的人格魅力早已定格在灵魂深处，只是，想不到先生会这么快别我们而去！难道先生不是凡人，只是佛祖手中的一粒佛珠，偶然落到了凡尘。是不是佛祖一觉醒来，发现手中的佛珠少了一粒，便从凡尘中将先生召了回去。冥冥之中，觉得先生并没有走远。也许，佛祖再打个盹，佛珠重到凡尘，先生又回到我们身边。是的，先生只是出了趟远门，在外面玩够了，还会和我们一起煮酒论诗，纵情高歌，高唱"仰天大笑出门去，我辈岂是蓬蒿人"。

可是，先生终究不会归来！

一个抖音的朋友说，以后我们再也看不到先生发的抖音了！是的，先生的抖音永远定格在 2022 年 10 月 10 日，最后的画之咏之《忘忧图》，"不愁保暖不桑麻，鼠雀为朋养岁华。高卧悠然托好梦，来生依旧富人家"也成为绝笔。先生诙谐幽默，看淡一切，以鼠雀为朋，以美酒为友，以山水为邻，乐而忘忧，快哉快哉！先生震旦鸦雀的网名，就是快乐小鸟的意思。

先生自幼贫寒，军营冶炼后为民做官，了解百姓疾苦，为老百姓办事，岂能摧眉折腰事权贵？有的人活着，他已经死了；有的人死了，他还活着。给人民做牛马的，人民永远记住他！先生是沛县老百姓的好官，沛县人民永远不会忘记！

其实，我和先生交往并不多。但每次相见，总能看见先生满脸的笑容，听到先生爽朗的笑声。和先生最密切的接触，是一次采风活动。先生组织创作团一行人去栖山酒厂采风，除了先生，其他人我都熟悉。那天天气阴冷，等车的时候，先生和丁可、孙亭两位老师站在寒风里，说说笑笑。我这才注意到先生，半旧的羽绒服，脚穿一双普通的运动鞋，而其他所有男士都是锃亮的皮鞋，即使不讲究穿戴的丁可老师，也穿着皮鞋。丝毫看不出先生曾经是显赫一时的县长，宣传部部长，人大常委会主任，就像一个邻家大哥，平易近人，和蔼可亲。

到了酒厂，先生给我们每个人分配好任务，就带我们参观酒厂，无论到哪里，先生灿烂的笑容，如春日的阳光，温暖着每一个人；又如浓浓的酒香，蕴染心脾。看得出先生一生爱酒，一生亦如酒。有酒的浓烈，酒的炽热，酒的豪爽。纵观历史，文人似乎都与酒结下不解之缘。李白斗酒诗百篇，是酒成就了李白。正如他所云："兴酣落笔摇五岳，诗成啸傲凌沧州。"正因为酒，才能"呼儿将出换美酒，与尔同销万古愁"；因为酒，苏轼他豁达开阔，不在乎人生苦难，"酒醒还醉醉还醒，一笑人间今古"；因为酒，"几进归去，作个闲人，对一张琴，一壶酒，一溪云"。有人写文说，先生是当代李白、苏轼，亦庄亦谐，豪情满怀。如丁可老师所言，"解甲相聚多，谈笑见慷慨，把酒诵新词，掼蛋好快哉""灵窍缤纷风雅颂，迁人通透窝移斋"。先生看似旷达豪放的性格，却是智慧有趣的灵魂。"把酒天空对皓悬，清风无限照新圆。一轮落在玉樽里，纵我心情添醉眠。"月亮落进酒杯，也落在心上。先生既有"日月之行若出其中，星汉灿烂若出其里"的胸怀，又有"何意百炼钢，化为绕指柔"的情怀。先生至刚至柔，谈笑风生，世事洞明，人情练达。初识先生就敬之仰之，印象深刻。

先生待人热情，倾情相助。后来我电话请教先生怎样才能写出酒厂的科技含量，先生顾不上吃晚饭，兄长般耐心指导，谈了足足半个多小时。从内容到语言，从写法到主题，一一给予中肯的建议，让我备受感动。

先生快言快语，性格豪爽。最后一次和先生相聚，先生自嘲为"胡说"，其实，每句话都是大智慧。先生和几个男老师说说笑笑，如亲兄弟般毫无隔阂，和我们几个女同志妙语连珠，调侃自己和宋老师之间

"不可告人"的秘密，更让我们禁不住哈哈大笑。先生写文文采飞扬，幽默风趣，更让我敬佩至极。俗话说，文如其人，果不其然。

吃饭时，别人都给先生倒酒，感谢先生的写作指导之恩。而我终是因为性格原因，没能给先生敬酒，可我是万分感激先生的。因为这件事我一直耿耿于怀，责怪自己性格太内向，不能像其他人那样表达出自己的敬意和感激。不承想，那次一聚竟是最后的午餐，一转身成为永别，留下一生的遗憾，先生是否会怪罪我的无情无义呢？

那日，寒风中为先生送行。天空昏暗，大地悲戚。先生依然微笑着望着我们，灿烂的笑容温暖着每个人，也再次让每个人泪水潸然。大家低首默哀，致敬先生！

致敬先生，一点浩然气，千里快哉风！一个人只要具备了至大至刚的浩然之气，就能超凡脱俗，任何境遇，都能处之泰然，享受使人感到无穷快意的千里雄风！

致敬先生，这一生，可以人比黄花瘦，但比西风更有骨。让西风为你折腰，不一定在清寒里傲然绽放，但会挺直脊背活出自己的颜色、自己的芬芳、自己的曲水流觞……

晚秋时节，"悲哉秋之为气也！萧瑟兮，草木摇落而变衰。憭栗兮，若在远行，登山临水兮，送将归"。读宋玉文，又想到先生，无边落木萧萧下，是在为先生送行！悲哉！万物凋零，小城静默，只为先生送行！

我有所念人，隔在远远乡。我有所感事，结在深深肠。有些人虽过早离去，但他在人间一直被记得，被怀念，就不会真正离开。

推开女儿家的门，再也看不到你的身影。只有你的六个孩子在客厅里追逐嬉戏。它们还小，只有两个多月，还不知道妈妈已经永远离开了它们。它们欢快地打打闹闹，一会你压在我身上，一会我压在你身上，用粉嫩的爪子互相抓挠着，一个塑料袋也玩得不亦乐乎。

可是，无论是我还是你的六个孩子，再也看不到你了！

前几天，女儿发短信给我，说把你送给了她同事。我顾不得马上去上课，连忙回消息："不要送人，非得送，就送回家，我养！"女儿说，已经送人了！

我一下子跌坐在椅子上，眼泪禁不住夺眶而出。大米啊，再也见不到你了，四年了，四年的朝夕相处，今朝竟成为永别！女儿忙安慰我说，把大米送人是去享福了，整天关在笼子里，失去自由，如果是你，你愿意天天关在笼子里吗？无自由，毋宁死！

是的，女儿说得有道理。

其实，大米是一只猫，一只英短蓝白猫。女儿从另一个同事家买来，养了四年，我每次去女儿家，大米和我特别亲，晚上就安静地睡在我脚边，发出呜呜的声音，温顺可人。女儿上班，大米就陪着我，在厨房，在客厅，在卧室，跟前跟后，同样也陪了我四年。

大米啊，你不要怪女儿，把你送人她也很难过，你毕竟陪伴了她四年啊！她给你操办最好的"家"，让你冬暖夏凉；给你买最好的食物，甚至很贵的牛肉罐头，在你身上她从不吝啬！你陪她度过一个个寒冷的长夜，一个个寂寞的日子。她也陪你走过四季，走过四年的光阴。

我知道，你渴望自由。每次女儿上班前，都要把你关进笼子里，直到晚上她下班你才能出来透透气。在房间里你悠闲踱步，从不上蹿下跳，有着贵妇人般的优雅。我一直认为你的祖先是英国贵族，你身上有着高贵的血统。你趴在窗前的吊床上望着窗外的眼神，我至今难忘。窗外是个自由的世界，车水马龙，鸟语花香，天空蔚蓝，清风吹拂。可是，你和她隔着一层玻璃的距离，你一双美目，忧郁而沉静，你只是呆望着，不言不语。没有反抗，没有抗争。

可是有一次，你竟然自己打开铁笼子，跑了出来。不知道你如何做到的，明明女儿插好了铁栓。一定是你用爪子打开了铁栓，跑了出去，你还是没有经得住外面世界的诱惑。可是，从没接触过外面世界的你还是迷了路。灯红酒绿，世事喧嚣，你迷惑不解。找不到回家的路，你只能绝望地哀号。女儿找不到你，急得直哭，像死了爹娘一样。最后，你的叫声让她在楼的最顶层找到了你，那可是32层的顶楼啊！你一层层爬上去，是想触摸蓝天吗？白云悠悠，那是一个自由的国度。最后你还是回到了笼子里，这是你的宿命！

也许，有了第一次，就会有第二次。就如家暴，有了第一次，就会有 N 次一样，你又一次打开笼子逃走了。对自由的渴望还是打败了你高贵的优雅。这一次，我和女儿楼上楼下、楼前楼后，甚至地下车库都找了无数遍，还是没有找到你，也没有听到你的叫声。几天了，我们幻想着你会自己回来，可是根本没有你的身影。女儿再次哭到崩溃。我不得不到处张贴"寻猫启事"，在朋友圈、业主群发信息寻找。没多久，就有人打电话告诉女儿，说是几天前，看见一只猫从楼上摔下来，不知是不是你家的猫？女儿快速冲到楼下，一棵冬青树下，果然看见你躺在草丛里，闭着眼睛奄奄一息，已经发不出任何声音。女儿抱起你，小心翼翼地喂你水喂你食物，精心照料，才把你从阎王爷那里救了回来。你能活下来简直是奇迹，女儿可是住在 19 层啊！我不知道你是怎样摔下来的？也许是你打开铁笼子，爬过铁栅栏，往下看的时候，自由的风吹落了你；也许是你终于挣脱了束缚，获得自由后的乐极生悲；也许是你为了自由，不顾生命危险的纵身一跳。还好，你没有死，难道你知道猫有九条命，所以才不顾一切？即使你用命来抗争，你还是回到笼子里，猫有猫命，如人有人命一样。在这个到处都是铁栅栏的世界，抗争还有用吗？即使没用，也无悔！这个世界我已经飞过！

我知道，你还是一个好妈妈，你爱你的孩子。你已是第三次做妈妈了。第一次，是在寒冷的冬天，女儿也不懂，你也没有育儿经验，两个孩子生下来，都冻死了。我没看见，可是我知道一个母亲失去孩子的痛苦。第二次，也是两个孩子，可还是冻死了一个，只有一个活了下来，女儿买来一只小白猫给孩子做伴，你像对待自己的孩子一样疼爱小白，喂它奶，搂着它睡觉。后来小白渐渐长大，成了一个大姑娘。可它太俏皮，经常欺负你，用爪子挠你，和你争夺食物。你总是悄悄离开，不反抗，不争抢，你用一个母亲的胸怀包容它，以一颗优雅的心宽恕它。你是一个动物，可你比人类不知高尚多少倍！

这次，是你第三次做妈妈。你一下子拥有六个孩子，你是多么高兴啊！你躺在那里，孩子们一字排开，在你身上乱蹬乱踩，揉搓着你，践踏着你，你一点都不恼，任由孩子们在你身上胡闹。有的孩子吃不到奶，你就把后腿翘起来，长时间翘着，露出奶头，保证每个孩子都能吃到奶。你两只前爪抱着孩子，温柔又慈爱。你的奶不够吃，女儿买了最好的奶粉，我用奶瓶喂它们，你在一旁瞪着眼睛看着，唯恐我伤害你的孩子。孩子们喝不完，我把奶粉给你喝，你一滴都不喝。我明白，你是想让孩子们喝！你是一个好妈妈。母爱都是相同的，无论是人类还是动物。

孩子们很俏皮，它们无忧无虑，满屋乱爬。你就一个个用嘴把它们叼到女儿给它们铺的棉毯上，夜里你搂着它们睡觉，不准孩子离开你。一个小猫咪爬到我跟前，我抓起它，想扔到你怀里。小猫"喵"的一声惊叫，你以为我要伤害它，瞬间跳起，大叫一声就向我冲来，吓得我连忙逃开。你的优雅呢？你的高贵呢？在爱面前，一切都必须后退。

现在，你离开了它们，我知道，你一定还想着孩子们。即使，锦衣玉食，即使获得自由，没有了孩子，你幸福吗？女儿说，她同事对你很好，不让你在笼子里待着，还经常拍你的照片给女儿看。

女儿把你送给别人，就是为了让你有个好生活，自由自在地活着。你不说话，我不知道你的心思。我认为爱和自由同样重要。但现实太残酷，往往鱼和熊掌不可兼得。为了自由，可以付出青春。为了爱，可以献出生命。可惜你的命运不能掌握在自己手里，如最底层的人类，在尘世卑微地活着，拼尽全力，为了能挺直脊梁。最后，除了生命，一无所有，只能舍弃生命，解脱自己，如天门山流出的四滴眼泪。大米，你比他们幸福啊，你还有生命可以留存，他们什么也没有了。大米，在你的世界，但愿，人间值得！

无论值不值得，我却再也见不到你了！但你的一切，依然与我有关。大米，我只能这样爱你！

病房札记

下雪了，2016 年的第一场雪，来得有些早。雪花飞扬，飘飘洒洒。气温骤然下降，整个城市是雪花的世界。我从县医院转到了市院，市院比县院好了许多，供暖了，室内暖暖的。淡黄的窗帘，把每个病床隔成自由的单间，床单被罩是紫色印花棉布，洗手间也可以洗澡，病房温馨了许多，有了家的氛围。

昨天做了各项检查，子宫肌瘤手术明天进行。心里好怕，十年前，也是在这家医院手术，同样的病情，同样的心情，现在想来，仍心有余悸。这个年龄了，健康是多么重要啊，和身体相比，什么都是浮云！

十一月份，是多事之秋，四年前的昨天，一次意外车祸使身体受伤，整整躺了三个月。真快，四年了，再次躺在了医院，遭受病痛的折磨。其实，身体伤害，怎能和心里的伤害相比啊！身，伤了，是伤一程。心，伤了，是伤一生！现在，十一月就要走完，但愿一切的伤痛，离我而去。

病房里，一个女孩未婚先孕，四个月了，女孩认为男孩不再爱她，不想要孩子，要引产。男孩不愿签字，要女孩把孩子生下来，女孩不同意，惊动双方父母，女孩哭得很伤心。父母也让把孩子打掉，毕竟还是学生。女人啊，无论什么结果，受伤的始终是女人，躺在产床上，就是进了鬼门关。女孩，要自重啊！

雪，仍在下，不大。明天手术，不能吃饭，还是有点害怕。同学打电话安慰，为我祈福！但愿，一切都好，一切都好！

夜，很静。病房，亦寂静无声。没有昨日的呼噜声，是她们都醒着，还是睡着了？不得而知。

手术还算顺利，麻醉后的我什么也不知道。

第四天，还是睡不着，伤口仍火辣辣疼，小腹更疼，如被一只野狗撕咬一般，捂住，方缓解。之前，三天没吃任何东西，看见食物，就想吐。动一动，汗珠滴滴落下。还好，第三天，能进食，能下床走动，只是弯着腰，不能直立，如被批斗的地主婆。今天，可以直立行走，慢慢挪动身子，走廊过道，几个和我一样的病人，缓缓而行，如一个个幽魂，寂静无声。一个老人，也加入我们，只是她需扶着过道墙上的扶手方能走路。老人，六十二岁，瘦瘦小小，农村来的。她说，她开始是子宫出血，老了还来月经？她羞于启齿，自己偷偷把纸巾藏在地沟里，自己偷偷洗净血衣，不敢告诉任何人，甚至老伴。三个月后，大出血，被送进县医院，人家不敢接又转市医院。愚昧无知，延误了病情，手术台上，险些丧命。女人也是人，有病为何不敢说？

已经是深夜，繁华都市，也终于沉寂，偶尔传来汽车鸣笛声，还有婴儿啼哭声。对面病床那个女孩，最终做了引产手术，五个月小生命，还没有来到世上，就去了天堂，是谁剥夺了孩子生命？母亲？女孩，刚刚二十四岁，娇小可爱，单纯如一张白纸，相信爱情和物质地位无关，只要爱，就会幸福！可是，爱情，最终还是夭折，孩子成为牺牲品！父亲，一个还在读研的大男孩，第一次偷吃禁果，就以孩子的生命为代价，实在太昂贵。女孩已经熟睡，男孩没睡，守在床边，衣不解带。不知他们以后如何，但愿两个孩子经过这次磨难，能够成熟，能够挣脱家庭枷锁，重新走在一起，再次结出爱情之果！

睡不着，看手机。"爱心筹"发起爱心筹款，救助沛县杨屯镇农民张二振的儿子张博睿，孩子两岁三个月。2016年11月17日，确诊为急性白血病。这一结论如晴天霹雳，给这个只靠打工维持生活的小家庭降下灭顶之灾，一个农家即便倾家荡产，上百万高额费用仍是杯水车薪。为了挽救幼小生命，人们纷纷伸出援助之手。我也尽自己的绵薄之力，为孩子献上一份爱心。同样是父母，一边扼杀生命，一边拯救生命。生活就是这样荒诞不经，不经意间嘲讽人类的无知、无能。

女儿来看我，帮我买饭、提水、削水果、喂蛋糕，虽然都是小事，已让我很幸福。一向都是我照顾她，何尝照顾过我？毕竟长大了，知道疼人了。

此刻，敲打文字，疼痛继续。很累了，就到这里吧。今夜，无人入睡，数羊羊，一，二，三，四，五，六，七……

十一月，大半时间在医院度过。手术时，脊椎麻醉，昏迷不醒。两小时，摘除六个肌瘤，最大如馒头。回病房，六小时不能动，引流管半袋鲜血，触目惊心。挂十一瓶盐水，至凌晨四点。呕吐眩晕，生不如死。走道挪步，一手捂伤口，一手提引流管，弯腰驼背，若僵尸一具。术后两天，摘掉引流管，轻松许多。术后三天，能饮食，喝米粥几口，饮鱼汤几勺，渐渐有力气。

今日，术后六天，拆线。挂两瓶盐水，消炎。几日来，抽血三次，十管。仍有炎症，明天抽血继续。好在饮食正常，体力渐增，提笔投箸，亦复如初。生命脆弱，如蝉翼，可瞬间消失。生命顽强，如小草，野火不尽，春风又生。心，可以被苦难撑大；身体，怎可被病魔击倒！妇幼保健医院，病人尽是女人小孩，女人是生命起源，生生不息，她们是弱者，更是强者！

昨日，女儿单位领导和同事来看我，带来许多礼物，嘘寒问暖，几多感动。而我单位领导却不见踪影。也许，领导太忙，顾不上群众，学会理解，一切安然。

临床，我住院期间，连换三个女人。第一个，四十多岁，两鬓两缕白发，似故意染色，其余，皆黄色，且白黄分明，没有光泽。身材胖胖的，上下一般粗，如缠了布条的蝉蛹。大嗓门，说话连珠炮似的，边说边指手画脚，对对过女孩引产，愤愤然，坚决要女孩离开男孩，重新寻找爱的幸福。我住院时，女人已做完手术，宫腔镜，竟然要求医生不打麻针，生生硬挺了过来。术后，无人照顾，一个人外出吃饭，一大碗拉面，呼啦啦一扫而光，完全好人一般。真个坚强女人！

第二个女人，是老乡，也四十多岁，披肩卷发，戴金丝眼镜，苗条挺拔，气质优雅。在病房，我们为了方便，都着睡衣，她从不穿，衣着得体，从不马虎。外出，即使到楼下饭厅，也要换上白色羽绒服，围上丝巾，穿上皮鞋，打扮停当，方才出门。不禁想到杨澜那句话：作为女人，你不可以不精致。不管我们处在什么样的年龄阶段，都不应该放弃对美的追求。因为无论任何时代，对于女人来说，单有心灵美都是远远不够的。女人，是小手术，看不出什么痛苦，好像来这里只是住住旅馆，度度假，保养自己。

第三个女人，今天刚来，年轻漂亮，是市里人，不大和我们说话，优越感十足。她中午手术，老公生意人，高高大大，很帅气，病房内，旁若无人打电话，咋咋呼呼，满嘴脏话，丝毫不顾其他病人休息，土豪金一个。他对老婆，却是温柔体贴，细致入微。手术排尿困难，吹口哨，引导女人排尿，像哄孩子似的。女人，躺在床上玩微信，病房寂静，叮叮叮，微信一个接着一个，丝毫不怕打扰别人。人，都有两面性。女人也是，看不出哪个是真实的自己！

　　十一月，就这样从病房走过。看多了痛苦，心也沉静。一个人，从容走过每一个瞬间，日子就变得从容。医院里的女人，性格各异，生活不同。无论哪类女人，为了健康，都要好好爱自己！

煤气中毒后

冬至，我和母亲在医院度过。没有饺子，没有汤圆。满眼白色，似雪；一抹残阳，如血。

前天中午，依然很冷，父亲舍不得开空调，生了炉火，母亲在屋里看电视，烤炉火，门窗紧闭，父亲午休。没多久，母亲就仰倒在床上，不省人事。父亲的脚被母亲压得麻木，醒了。喊母亲，不应。再喊，依然不应。父亲慌了，起身，发现母亲双目紧闭，没了知觉。父亲大惊，连忙跑出门呼救。门外空无一人。父亲跌跌撞撞地向前街跑，两个弟弟住前街。父亲脸色苍白，双腿发软，根本跑不动。还好，遇见邻家孩子二庆。"爷们，你大娘不行了，你快去前院喊我儿子来！"父亲急切地说。

二庆疾跑，敲门，咚！咚！咚！无人应答。大弟家门紧闭，敲不开。大弟上班，弟媳做生意，只侄子一人在家，睡着了。二庆再敲二弟家门，咚咚咚！仍然敲不开！二弟在家，也睡着了。人命关天，二庆不敢怠慢，向对门邻居求助，邻居连忙给弟媳打电话，通了！"快回家，你家老太太不行了！"弟媳吓得魂飞魄散，飞奔回家！二弟和侄子也闻声起来了！

一群人向村后母亲家狂奔。

母亲住村后已经五年了，村后是自留地，远离村庄，村里一些老人离开生活一辈子的老宅，在村外自留地盖房子住，不和儿孙在一起。父母就是其中之一。这里面有无奈，更多的是心酸！据说，老人住村外已是普遍现象，有些老人死了好久，也无人知道。

父亲在母亲身旁直掉眼泪，不知所措。他以为母亲是突发脑梗，根本不知道是煤气中毒。弟弟见母亲昏过去，吓得说不出话来，掏出手机打120，手发抖，播不出号码，摁了几次都是如此，拿弟媳手机打，才播出去。救护车呼啸而来，救护人员说是煤气中毒，大家才知道母亲是煤气中毒了。

弟弟、侄子和弟媳把母亲抬到车上。母亲臃肿肥胖的身体一动不动，双目紧闭，毫无知觉。

到医院，做核酸检测时，母亲渐渐清醒了。睁开眼，看到眼前情景，一脸茫然。弟弟说，你煤气中毒了。母亲没说话。看见身旁的我，哭了起来，边哭边说："就差一点，你就没娘了！"我搂着她，大恸！还好，我还能叫娘！

接着吸高压氧。

在一个封闭舱里，好多人坐着，嘴和鼻孔用橡胶罩盖住，好似防毒面罩。面罩一端插着黑白两条管子，如太空舱里的宇航员。

吸氧时，母亲已经完全清醒过来，知道自己煤气中毒了。"你们怎么不让我死，救我干啥！我没用，啥都不能干！"母亲嘟囔着，无悲无喜。弟媳说："你要是死了，我们怎么喊娘了！"母亲微微笑了。

母亲旁边坐着一对夫妻，妻子吸高压氧，四十岁左右，很漂亮，皮肤很白，闭着眼不说话。丈夫陪护，高高大大，很英俊，棱角分明的脸酷似电影明星。他紧紧握住妻子的手，一秒也不放下。妻子偶尔睁开眼，看着丈夫傻笑。温馨的画面，深深打动了我。执子之手，与子偕老。无论你怎么样，我都不离不弃。冬天，因为幸福，倍感温暖？

吸完高压氧，做各种检查。抽血，拍 CT 片。整整五管血！母亲血管细，很难找。护士在胳臂上抽了几管血，不够，又在脚上重新扎针抽。一滴滴鲜红的血液逃离母亲的身体，如汹涌的江河流进一支支试管，然后又去了哪里？我不知道。母亲痛得龇牙咧嘴，苦不堪言。我也不知道，已确诊煤气中毒，做各种检查意义何在！

核酸没出来，不让住院。医生说必须一直吸高压氧，最少 3 个疗程。然后，开了盐水，在注射室打水，弟弟缴费，220 元。加上抽血以及检查费 1500 多元，母亲很心疼。弟弟调侃母亲说："这些钱能交多少个月的空调费了！"母亲笑了，说，以后开空调。注射室，好多孩子打水，还有老人，疫情，疾病并没有减少。母亲打水，和平时一样，脑子已经非常清醒，和我们说话、聊天。

打完水，回家已是晚上八九点。父亲没有休息，也没吃饭，一个人在床沿上呆坐着，竟然坐了整整一下午。平时，父亲常常呵斥母亲，说她除了吃，没一点用。现在，还是担心母亲安危，已经习惯了母亲在身旁，离开，就彼此牵挂。

父亲打开空调，屋里暖暖的。床上，电褥子也开着，被窝也暖暖的。我烧了两碗鸡蛋面，母亲吃了一碗，父亲只吃一个鸡蛋，面条没吃。说不想吃，不饿，可能因为受了惊吓的缘故。

屋外，月色洒了一院子，父亲养的两只小狗旺旺叫着，农村的夜晚宁静美好。

母亲睡着了，还好，一切都很正常。

第二天，弟弟开车去医院，继续吸高压氧。核酸也出来了，可以住院。

这次换了医生，很年轻，可能刚毕业。母亲很犹豫，不想住院，怕花钱。医生极力劝说，现在好好的，有可能以后反复，那时就没治了！母亲担心病情加重，同意住院。

开单子，医生说昨天的针没有了，必须用其他针代替，要贵好多。贵就贵吧，为了母亲。仅仅隔了一个晚上就没有了，什么鬼？

依然要做各种检查。抽血，拍片，拍片，抽血。又是整整五管血！母亲说，已经抽过血了，怎么还抽？母亲血管不好找，不想再抽血。医生说，原来的不算，要做进一步检查。母亲对我唠叨说，去年在人民医院看病，抽血检查完，因为我家离华佗医院近，方便照顾母亲，就去华佗医院住院。华佗医院的医生让抽血，母亲说，刚刚在人民医院抽血检查过了，有报告单，不愿再抽血。另一个医生在旁边恶狠狠地大叫道："不抽，也给她算上！"意思是不抽血也算抽血，费用一样交。简直就是强盗、无赖！这样的人也配做医生！我不知道他们对待领导又是怎样一副嘴脸，哈巴狗一样吧。现在医患关系紧张，如此嚣张的医生，起到推波助澜的作用。

其实，人民医院也无非是这样！

说归说，胳膊怎能拧过大腿。医生让怎样就怎样，绵羊一样温顺，否则开昂贵针，过度治疗。

拍片，抽血；抽血，拍片。核磁共振：头，肝胆脾肾，胸，脖子。

凡所应有，无所不有。无论怎样不情愿，一切如故！也只是一个煤气中毒而已！年轻医生刚毕业就融入肮脏的金钱染缸里，失去了原来的善良和纯洁。可惜，可悲，可叹！

下午，我查了一下清单，很是吃惊。两天医药费3500元。而用于治疗的药物也就几百元。一分治疗，九分检查，医院还是救死扶伤吗？天使都去了哪里？！明明病房吸氧一天半，却收了三天的费用。护理费也收三天的，问护士，说是失误，记错了。为何多记不少记呢？工作失误，允许吗？我看不懂清单内容，还有多少是多记的呢？你们要知道对于两个老人来说，每一分钱都来之不易啊！

今日冬至，昼最短，夜最长。从明天开始，日渐长一丝，夜渐短一分，但愿阳光一天天累积，九尽会春归……

第二辑

尘世心香

尘归尘，路归路

　　五月中旬，各种花香渐渐淡去，只剩下月季、蔷薇不忍离去。蔷薇肆意沿着篱笆，探出头来张望，墙外一片生机。夏天迫不及待地打开门扉，洒下一路阳光。各种鲜艳的衣服，妩媚着初夏时光。杨絮如雪，蒙蒙乱扑行人面。杨柳依依，纷纷轻抚游人衣。

　　午饭，一碗面条，一盘青菜，简单而清淡。因为牙疼，已经很长时间不知肉味了，只在一碗清淡中沉淀心情。晚上不吃饭，也不觉得饿，苦行僧的日子，权当是修行了。

　　其实，一直在修行，心若莲花，静静开放。可是红尘太重，各种痴念难以放下，终是不能如愿。也许是我修行不够，也许是我放下太难。给儿子诉说心事，儿子发信息说：浊世哪有净土，佛门不是归宿。那么，哪里才是我的归宿？

　　把世事繁杂关于门外，一个人享受午夜时光。抖音主播在调侃时事，学校暴力日益增长，青少年犯罪成社会问题。谁之罪？学校急功近利，疏于思想教育。学生遭抢劫身心受害，谁来救救孩子？心情沉重，忧愤难耐。捧一本书斜倚床头，想驱赶心头不快，读出智慧人生。

不知怎的，却心神不宁，怎么也看不下去。手机铃声响起，是母亲的电话，我刚拿起手机，又不响了。这个年纪最怕家里来电话，尤其是半夜手机铃声，更让心惊肉跳。我给母亲打过去，却无人接听。一遍又一遍拨打，仍是无人接听。我吓坏了，一头冷汗，唯恐母亲出了啥事。慌忙给弟弟打电话，弟弟顾不上穿衣立马跑到母亲那里，原来是母亲摁错了手机键，静音了。母亲平安无事，一块石头方才落地。

娘前几天病重。凌晨5点多，我的手机响起，弟弟给我打电话，说娘病了，电话里弟弟声音哽咽，我的心猛地一紧，竟站立不稳，缓过神来，拿起手机就往医院跑。

急诊室只有一个年轻的医生，很从容地询问病情，哪管我们心急如焚。弟弟说，娘早上起来后手脚发麻，手指僵硬不能屈伸，头痛难忍，心里也很难受。医生听了，开了厚厚的一摞单子，查心电图，查小便，查血，做CT……凡是机器能查的都查了一遍。娘走路很困难，弟弟背起娘，如小时候娘背我们一样。岁月无情啊，一转眼几十年过去了，曾经年轻的母亲已是风中的残烛，要我们做儿女的轻轻呵护。弟弟背着娘一会上楼，一会下楼，热得满头大汗，折腾半天，才查了一半。做CT时，人很多，妹妹把娘揽在怀里，坐在外面等着。娘心口又疼得厉害，五个手指不能弯曲，脸蜡黄蜡黄的，汗滴一滴滴顺着脸颊流下来，大口大口地喘气。妹妹吓坏了，一声声地叫着："娘！娘！"我忙帮娘按摩胸口，弟弟慌忙打电话找医生。医生要娘平躺着做深呼吸，看着娘难受的样子，我万分难过，眼泪流了下来。

平时我们都忽视了娘，以为她身体一向很好。每次回娘家，我都给父亲买这买那，买他最爱吃的狗肉，买各种营养品，因为父亲瘦弱。吃饭时我们都把最好吃的菜夹给父亲，唯恐他吃不好。可是娘呢，她从来没向我们提过什么要求，总是默默地吃几筷子咸菜，说是不喜欢吃油腻的东西，等我们吃完后才吃一点剩下的饭菜。父亲脾气不好，爱喝酒，喝醉了就呵斥娘，娘总是避开我们偷偷抹眼泪，她是怕给儿女添心事。我每次打电话回家，问父亲又喝酒了吗？娘总是说没喝，她是怕我担心。母亲啊，你把一切苦一个人承担，留给儿女的永远是坚强的一面。

现在母亲还是病倒了，那个曾经风风火火的母亲，此刻静静地躺在妹妹的怀里，像个婴儿。一定是早晨没有来得及梳头，没有光泽的头发很凌乱。我轻轻地用手替她理好头发，娘睁开眼睛看看我，露出一丝笑容，又疲惫地闭上了眼睛。娘是心脏病，心绞痛。住院治疗后才好起来，但要一直吃药。

刚刚平息了心情，手机又响了。是女儿的电话："妈，母亲节快到了，你要啥礼物？""妈，我给你买套化妆品吧！"女儿大大咧咧没心没肺的，竟然没忘记母亲节。这小妮子其实心很细，睡觉时为我点上蚊香，把厚被子让给我，自己只盖薄薄的丝绒被，暖暖的爱在五月的花香里流淌。想儿子了，电话过去，儿子没有休息，仍在广东出差。我说："儿子，想你了。"儿子傻笑："老妈，那你过来看我吧。"这孩子，几千里路除非插上翅膀，我知道他在开玩笑。已经半个多月没见儿子，牵挂一直在心里。我把给娘买的衣服和营养品放在床头，明天别忘记给母亲送去，母亲节快到了。我喃喃自语。

夜渐深，仍有花香幽幽袭来，重新捧起书本。有人说，一杯茶，一本书，一知己，一生足矣！是啊，大道至简！活到这个年龄，一切都是往回收的。尘归尘，土归土，我们从哪里来，还要回哪里去。看淡生死得失，悲欢离合，在淡淡的岁月里，淡淡地生活。让心充满阳光，让爱洋溢生命。

爱，在五月。时光很浅，爱，很深很深……

又下雪了，虽是小雪，路面被薄薄的一层雪覆盖着，零下八度，路滑难走，不能回家看望父母了。但是，仍然牵挂着，这严寒长夜，得了脑梗的父母如何挨过！牵挂父母，也牵挂着故乡的冬天。

故乡的冬天，下雪是童年最美好的记忆。那时，比现在冷得多。路面冻裂，河里的冰是实的，可以马路般踏冰过河。雪也大得多，一下就是一两天。天地间灰蒙蒙的，那雪片，棉絮一般，一片一片扯下来，不久，低矮的茅草屋，院里的鸡窝，白头翁样雪地里站立。玉米秸围起的篱笆，也落满了雪。院外柴草垛也被大雪覆盖，像大大小小的蘑菇。村外的田野白茫茫一片，看不清哪里是尽头。静静的雪夜，偶尔，柴门闻犬吠，更有风雪夜归人的惊喜。

大雪会一直下，到了晚上，雪越下越大，仿佛天上有个巨大的筛子，来回摇晃，筛个不停。雪花，像洁白的棉被，把所有的一切都遮掩起来，整个村庄静悄悄的，看不到人影，听不到人声，只有雪花落下的簌簌声。偶尔几声狗吠，然后又归于寂静。茅草屋里，橘黄的灯光下，一家人围着一堆劈柴烤火，没有劈柴就烧豆秸，噼里啪啦直响，火里会有几颗花生，被父亲用火棍拨拉到一旁，那是童年最爱吃的零食，兄妹几个，一人分几粒，高兴得不得了，像是世上最美味的东西。有时也烧几个红薯，叫十里香，面面的，又香又甜，吃起来，直掉渣。

该睡觉了，堵鸡窝门是我每晚必做的事，必须堵得严严实实，否则，黄鼠狼会扒开门偷鸡吃，尤其是下大雪的夜晚，黄鼠狼找不到食物，就干些偷鸡摸狗的勾当。白天起来，鸡窝四周雪地上经常有黄鼠狼的脚印。如果，哪天没堵牢鸡窝门，黄鼠狼会乘虚而入，把鸡咬死在雪地里，吃掉。白白的雪地里，血红的血迹，十分惨烈。或者，把鸡拉走，找也找不到。所以，是否堵牢鸡窝门成了我睡觉前最惦记的事。

那时，家里穷，被子少，大冬天，一家人就盖一床被子，父亲总是睡在又冷又硬的床帮上，一睡就是多年，直到我们长大。也许父亲腰疼就是那时落下的病根吧！夜晚，雪映着窗户，白白的，如天亮一般。那年月，没有钟表，判断时间，白天看日头，晚上听鸡叫。鸡叫三遍，天就亮了。有时，睡得死，担心没听到鸡叫，看到窗外白亮亮的，以为天明了，急匆匆起来，踏雪上学。谁知，学校空无一人，天根本没亮，是雪映的！

第二天起来，大雪封门，门都推不开。父亲，总是第一个起床，清理院里的积雪，堆在院子的一角，堆雪人是童年最快乐的事。用红萝卜做鼻子，炭灰画眼睛，找来破草帽戴上，像是童话世界。几只鸡，在觅食，院子里，留下深深浅浅的脚印。玉米秸围起的篱笆，落满了积雪，几只麻雀在篱笆上瞭望，见有人来，立刻振翅高飞，落在电线杆上，树枝上。村西的打麦场，是麻雀聚集最多的地方，有时一落就是一大片，几百只麻雀叽叽喳喳的，像召开年终大会似的，热闹非凡。

化雪，是最冷的时候。茅草屋的屋檐，是一尺多长的溜溜。上半截白，下半截黄。走到屋檐下，不小心，断了的溜溜会钻进领口里，瞬间冰凉。捡透亮的溜溜，不顾大人的呵斥，放进嘴里，咯嘣咯嘣嚼起来，就好像夏天享受冰棍的美味。

故乡的冬天，天寒地冻，溜冰也是一大乐事。那时，上小学要经过村东的一条大河，河水很清澈，直通微山湖，和大运河相连。夏天，弟弟常到河里游泳，一会儿东岸，一会儿西岸，鱼儿一样，吓得我直叫！冬天，河水结冰，上学放学路上，我们就溜冰玩，三人组合，一人蹲在冰上，两人一边一个，站在身边，扯起蹲着人的胳膊，往前拉。冰很滑，不巧就会摔倒，仰面朝天，同伴哈哈大笑，快乐无比！

童年的快乐，还有课间做游戏，挤压油。冬天，天气寒冷，上课脚冻得没有知觉，咚咚咚，教室里，是此起彼伏的跺脚声。老师理解，也不恼，任我们胡闹。课间，几个人依墙角排成一排，然后一起用劲向墙角挤，直到把一个人挤出队伍，站到最后再挤，棉袄被黄土弄脏了，却挤出一身汗，浑身暖烘烘的，不过回家后，免不了挨母亲一顿臭骂。还有跳皮筋，踢毽子，玩溜溜蛋，都是童年的乐事。现在的孩子们，被繁重的作业压得抬不起头，课间都在写作业，少了许多乐趣！

记得从前，村子东头，通往县城的乡间土路，冬天冻得硬邦邦的，锃亮的路面，裂开一道道缝隙。两边是粗壮的柳树，冬天，只剩下光秃秃的柳树枝，枝枝向上，对扛着西北风。树下，经常有干枯的树枝，断裂。粗的如擀面杖，细的也如筷子般。我们小孩子，就捡枯枝当柴烧。北风刮得越猛越往外跑，剧烈的北风，吹着瘦小的身影，站立不稳，一个趔趄就能摔倒。咔嚓咔嚓的声音，是最美妙的声音，一定有大的枯枝断裂，拉起最大的树枝往家走，是最有成就感的事。现在的路都变成了水泥路，也没有柳树了，取暖有空调，捡树枝的快乐，永远成为过去！

　　故乡的冬天，是寒冷的，也是温暖的。是忧伤的，也是快乐的。现在，冬天的故乡，正向城市化迈进，看不到炊烟袅袅，听不到犬吠声声。没有柴草垛的点缀，也缺少麻雀成群结队的聚散。拔地而起的高楼，没有了乡村水墨画的诗意和纯粹。浓浓乡愁一点点萎缩，诗意的村庄一个个消失，另一种繁华，呼啦啦崛起，冬天的故乡，成为年轻人的乐园。但我还是留恋故乡的冬天，她是生我养我的故乡，我生命的摇篮！为什么我的眼里常含泪水，因为我爱这片土地，爱她爱得深沉……

　　外面，雪还在下，晚来天正雪，能饮一杯无？

菜园小记

夏末秋初是农村小菜园繁茂的季节。说是小菜园，其实就是房前屋后的小空地，甚至大门旁，庭院内，都可以种上蔬菜，辣椒、番茄、南瓜、茄子等。一年四季，除了寒冷的冬天，菜园一直热闹非凡。

父亲的小菜园就在大门北侧，巴掌大的一块地，种了南瓜、辣椒、小葱、豆角。南瓜秧沿着篱笆游走，走到哪，金灿灿的南瓜花就开到哪。清早，晶莹的露珠抱紧花儿，花儿张开小脸，甜甜地笑着，静下心来，仿佛能听到咯咯的笑声呢。母亲这时摇摇晃晃地走来，摘几朵南瓜花，清水洗净，淋上鸡蛋液，撒上面粉，煎得两面黄澄澄的，然后爆炒，加上佐料就是一盘香喷喷的南瓜花菜，营养价值极高。父亲没生病时，清早不在家，在矿上弟媳的冷面馆帮忙，这盘南瓜花菜就成了母亲唯一的早餐。

园里辣椒只有几棵，长得并不茂盛，不过每棵上面都结满了红红绿绿的辣椒，绿色的晶莹剔透，细长的身材，宛如一位身段窈窕的淑女，让人看着就很喜欢。红色的辣椒有的弯曲成圆形，像挂在女子耳朵上的玛瑙耳环，可爱非常。小菜园靠近沟渠旁的小路，去田地收工回来的妇女路过菜园，往往摘下几棵，中午饭就香辣辣的了，让人食欲大增。

园里小葱种了好多，除了菜园，沟渠的两边满是的，绿油油的葱茏一片。每到下午，父母就薅几大把，去掉黄叶，剥去葱皮，露出白嫩嫩的葱白，捆好送给弟媳。弟媳的冷面馆，冷面、面条、混沌，碗中就飘了一层细细的绿莹莹的葱花，很是诱人。弟媳的生意很红火，吃饭的大都是乡里乡亲的，弟媳给的分量很足，尖尖的一大碗，直到盛不下为止。一碗的分量城里的冷面馆能卖两碗，弟媳一碗才5元，如果在城里，卖两碗14元了。农村民风淳朴，能赚点辛苦钱就知足了。

豆角架已经拆了，母亲说接着种萝卜。父亲买来种子肥料，却先给两个弟弟家种上了。弟弟家住在村里，小菜园就在大门旁。父亲住在村外，离弟弟家有点远。父亲用抓钩子刨地，把大块的坷垃细细地砸碎，把地整得平平的，然后撒上肥料，种几趟萝卜，浇好水。一直从早上干到晚上，无人帮忙，回到家腿脚都肿胀起来。母亲说是累的，心疼得不行。我听说了，很是生气，电话里斥责父亲为了孩子不顾自己死活！

父亲经常发晕，医生说是脑血管堵塞的缘故，让他住院他也不肯。早上起来准备在自家的菜园种萝卜，不想却摔倒了，住进了医院。即使住院，父亲还牵挂着弟弟家的萝卜，问苗子怎样了，出全了吗？一心为了孩子，父亲何时想过自己。给弟弟家种好，自己家的萝卜还没来得及种就摔倒住院了。母亲怕耽误了农时要自己刨地种，站都站不稳，怎么种？母亲是想让我刨地，只是不好意思说罢了。不知为什么，老人怕麻烦孩子，唯独不怕麻烦自己！我多年没干过农活，刨地非常吃力，不一会手掌磨得红红的，最后竟然磨出泡来。强忍着刨好地，撒上萝卜种，总算种好了。再一次体会到农民种地的不易，真的是粒粒皆辛苦了。但是能为父母分担点辛苦，也很欣慰！

菜园里还有两棵果树，一棵是枣树，另一棵是桃树。三月，桃花盛开，蝴蝶翩飞，美不胜收，只是今年没有结果，盼望来年吧，人总是要有点盼头的。枣树倒是硕果累累，压弯了枝条，亮亮的枣儿一个挨着一个，挤压油似的，争着往外跑，父亲只得用木棍撑着。俗话说，七月的枣，八月的梨，九月的柿子上满集。现在已是七月，枣儿却涩涩的并不能吃，也许今年季节晚了些。往年等枣儿成熟了，父亲摘下来，给我留着。父亲总是把最好的东西留给我，就如从前，老院的柿子熟了，为了给我摘柿子，父亲爬梯子摔伤，让我内疚难过了很久。母亲把余下的枣儿分给邻居吃，还有一些馋嘴的孩子不满足，总是偷偷地溜到树下，挑拣红红的枣儿丢进嘴里，不懂事的孩子糟蹋不少，稍微不甜的，咬一口就扔掉了。父亲遇到，只是轻声呵斥道：臭小子，糟蹋东西！孩子们便笑着一哄而散。

屋后靠近院墙，也有一小片地，有两三平方米，父亲也不让它闲着，种几行韭菜，几棵丝瓜。母亲喜欢吃韭菜饺子，父亲常割几株为母亲包饺子，母亲脑梗，手脚不利索，都是父亲做饭洗衣，伺候母亲。女人如此，就是幸福吧！丝瓜爬满了墙头。花，一路黄过去，满院清香；叶，一路绿过去，鲜嫩欲滴。带着花的丝瓜，惊叹号般垂着。不禁想起宋代诗人的《丝瓜》：

寂寥篱户入泉声，不见山容亦自清。

数日雨晴秋草长，丝瓜沿上瓦墙生。

诗歌妙趣横生，嫩嫩的丝瓜因其有旺盛的生命力，很高的营养价值，成了农民餐桌上的常客。

乡亲是勤劳的，村子里凡是有土的地方从不让它闲着，路边几株玉米，门旁几棵辣椒，还点缀着一些不知名的小花。在乡村，美无处不在，勤劳无处不在。

热热闹闹的小菜园，也有寂寞凄凉的时候。前段时间上面要求创建文明卫生乡村。一些人曲解政策，为了所谓的政绩，路旁，屋前屋后，所有的蔬菜都被铲除一空，父亲的小菜园也被洗劫。难以想象，当他们铲除父亲的菜园时，父亲是怎样的心情，一个老人多日的辛苦毁于一旦，就如自己的孩子被生生夺去生命，痛心无比，无奈而又无助。父亲放在屋后的一堆木柴也被强行拉走，倒进村外的大河里，整整装了三车啊！那是父亲烧火做饭用的，是在别村拆迁过的房屋处捡拾的，风里、雨里、雪里，父亲捡拾了一个冬天！现在却被强行拉走丢弃，说是不让用灶台做饭，只能烧电，用液化气。父亲八十多岁，烧了一辈子柴草，根本不会用这些现代化的东西。更何况，乡村没有了炊烟袅袅，淡淡的水墨画就少了生气，没有了美感。可是，胳膊何曾拗不过大腿，父亲满满的悲伤和无奈。

绿油油的各种植物铲除后，他们让在房前屋后种上各种艳丽的花儿，姹紫嫣红的，虽然好看了许多，感觉就如媒婆头上的装饰品，五颜六色，俗不可耐，缺少绿色生命的质感，也少了浓浓的生活气息。绿色是世间的本色，缺少绿色就少了对生命的敬畏！何况老百姓要生存，吃穿住行一样都不能少，民生不单单是一句口号，要切实为老百姓办实事，办好事！

现在，一切又恢复了原来的样子，朴素的绿色又茂盛在乡村。父亲摔伤了，不能打理小菜园。母亲又让父亲的小菜园呈现出勃勃生机，而乡亲的小菜园亦是生机勃勃。美好不会被消灭，人们对美好的追求更不会。热爱生活，热爱生命，摒弃浮华，家乡的小菜园，弥漫烟火气息的风俗画，值得珍藏一生的记忆。

母亲的嫁妆

前几天，给母亲收拾房子，把所有的家具搬出来，放在院子里，破破烂烂的东西准备全部扔掉，包括那只陈旧的木箱子。

木箱子，红色的漆已经剥落，露出白色的腻子，红一片、白一片，好似癞子头上的疮疤，难看至极。箱子的锁已经坏了，折页歪扭七八扣不上。箱子的盖子和身子已经错位，仍藕断丝连，不肯分开，需要费一番功夫才能盖上。我把她扔到大门口，让父亲劈开当柴烧。

再次回娘家，那只破箱子又安安静静地躺在母亲的床头边。我嚷嚷着责怪母亲，捡破烂似的，太难看啦！母亲悠悠地说，那是她唯一的嫁妆，是外婆从七八里地的大屯集市上花五元钱买来的，梧桐木做的。我不知道，裹着小脚瘦小的外婆是怎样一步一颠背着一个木箱子走回来的，酸甜苦辣，和外婆一起都埋在了泥土里。外婆六十岁那年，一口痰咳不出来，憋了过去，就再也没有醒来。外婆刚走的那几年，母亲常常半夜哭醒，说外婆走的那晚，她有觉醒，听到有人喊她，谁知第二天，舅舅就打电话说，外婆走了。

外婆小时候家里很穷，逃荒到安徽淮北，嫁给我外公，生了三个女儿，母亲是老三。淮海战役爆发，陈官庄之战打响了。一天，好心的外公外婆在家给解放军做好饭，解放军吃完离开后，他们接着给自己和三个女儿做饭，没想到，国民党飞机轰炸，一阵机枪扫射，正在烧火的外公就倒在灶台边，外婆惊呼着跑过去，外公的肠子已露在外面，没来得及说一句话就死在外婆怀里。没有了男人，外婆一个人带着三个女儿过活，日子十分艰难，当年大姨十一岁，二姨七岁，母亲只有三岁。同族人欺负这孤儿寡母，迫不得已，外婆丢下大姨，二姨，带着只有三岁的母亲回到老家沛县，再次嫁人。外婆又有了三个孩子，日子依然艰难，母亲没有上学，在苦难中长大，为了两个弟弟一个妹妹读书，整天起早贪黑干活。母亲说，生产队高高的稻草垛，她一个人重新翻了一遍，用了 21 天时间，只为那落下的几颗稻粒，珍珠似的捧回家。外婆在石臼里捣碎后做稀饭，才度过饥饿的岁月。十几岁的小姑娘，手掌磨出了泡，肚子又累又饿，身上又脏又痒，那是怎样的一种折磨和痛苦啊！

也许贫穷穷怕了，母亲一生节俭，什么都不舍得扔掉，即使是一只破旧箱子。其实，不舍的还有母亲对外婆的思念，睹物思人，外婆始终活在母亲心里。

木箱子没上锁，小时候我经常打开。箱子里面用粉红色带有褶皱的纸糊着，很好看。箱子里，并没有太多东西，显得空荡荡的。一副白色的枕套，上面绣着一对鸳鸯，水中嬉戏，煞是好看。枕套里，装着一副银手镯，那是外婆的陪嫁品又留给了母亲，雕刻着大大的"福"字，手镯很漂亮，却从没见母亲戴过。我们兄妹四人，只有父亲一个劳力，日子也是紧巴巴的，为了换点口粮，父亲把手镯以五元钱的价格卖给了走村串巷的首饰贩子，母亲没有阻挠，眼睁睁地看着那人包好手镯走了。那可是外婆留给母亲的唯一首饰，母亲该是多么的不舍和痛心啊！多年后，我为母亲买了相同样式的手镯，母亲始终戴着，从不离开。我知道，母亲始终没有忘记那副手镯，只是天涯海角再也无法找寻了！

木箱里还有一件大红色的绸缎棉袄，红红的火一样耀眼，一朵朵牡丹开在箱子里，映红了我的脸。这是不是母亲的嫁衣，我没有问过母亲，也许是，也许是后来添置的，因为当年外婆根本买不起绸缎衣服给母亲作嫁衣的。但是，这却是母亲最好最奢侈的衣服了。印象中，也没见母亲穿过，总是叠得整整齐齐放在箱底。母亲平时不是下地干活，就是洗衣做饭，根本穿不着这么漂亮的衣服。后来，我渐渐长大，母亲就想改一改给我做棉袄。

那是一个深秋的中午，我记得很清楚，那一幕永远定格在我童年的记忆里，挥之不去。门口的一棵椿树，叶子已经掉得差不多了，母亲的针线筐放在椿树下，那件红红的绸缎衣服，却被人用剪刀剪得七零八落，只剩下几块布头，在针线筐里横七竖八躺着，再也没有了往日的华贵和美丽，母亲心疼得直掉眼泪，却说不出一句话来。后来才知道，是我家邻居我该叫姑姑的女孩经不住美的诱惑，剪掉绸缎做扎头的蝴蝶结了。母亲没有追回，也没有指责女孩，只是搂着我偷偷抹眼泪。母亲后来把剩下的绸缎为我做了一双漂亮的红鞋子，小伙伴人人羡慕，可惜后来，下雨弄湿了鞋子，没鞋子换，烧火时，我把那双红鞋子，放在锅底烘烤，结果烤成了灰烬。至此，箱子里再也没有那件好看的红绸缎棉袄了。

如今，我们都长大了，木箱子也陈旧不堪，没有了昔日的风采。母亲也渐渐老去，脑梗多年，腿脚不利索，这个冬天更是雪上加霜，虽然屋里弟弟给装了空调，母亲不舍得用，只用电褥子取暖。几天前，母亲打电话说，她早起出门散步，腿脚无力，摔倒在野外，无人路过，也无人扶起。弟弟在外打工，家里只有两个弟媳妇，上夜班。母亲怕耽误弟媳们睡觉，竟然在外面躺了一个早上，后来才打电话叫醒弟媳，把她扶起来。我心疼得直想哭，这么冷的天，母亲宁可挨冻也不舍得叫醒儿媳，如果再不打电话，老母亲岂不活活冻死在野外！如果我现在退休多好，我就可以时时陪伴在母亲身边，不让母亲受半点委屈，半点疼痛！好在，退休并不遥远，但愿母亲能熬到我退休的那一天！我能好好陪母亲，安度晚年！

旧木箱，不单单是一只木箱，是母亲唯一的嫁妆，那里装满一段旧时光。年龄越大越容易怀旧，旧时光就像一块旧棉布，经过岁月的洗涤，旧的纹理越发清晰，那是生活的底色，朴实无华，却让人终生难忘！母亲是，我也是！

最后一场考试，孩子们低着头在答题卡上刷刷地写着答案。明亮的教室十分安静，只有空调呜呜地转动，时而轻柔，时而激荡，如同大地的呼吸。

第一排，是个微胖的女孩，胳膊如莲藕般洁白丰满，左手手腕戴着一只漂亮的银手镯，粗粗的马尾辫悬在脑后。空调的凉风吹来，几缕头发俏皮地翩翩起舞。女孩把头发藏在耳后，又聚精会神地答题。不经意间抬起头，见我看她，羞涩地笑了笑，又低下头去。

我惊诧至极，我看到了一双熟悉的眼睛，大大的细细的眼睛，如一弯新月，清澈明亮。窗外，六月的阳光热辣辣地炙烤大地，香樟树叶子无精打采地摇晃着，一只麻雀叽叽喳喳地叫着，一股热风挤进门缝，瞬间又被空调吹得无影无踪……

思绪起伏，那也是一个酷热的夏季。一个女孩，松松垮垮的衣服全是煤灰，脸上也涂上厚厚的煤灰。她把一蛇皮口袋煤炭沫从奔驰的火车上滚下来，自己也如树叶一样飘了下来。她娘哭嚎着跑过去，女孩睁开那双大大的细细眼睛，又慢慢无力闭上……女孩是我邻家姑姑，兄妹六个，她排行老三，长我两岁，小学曾和我同桌，初中辍学，在那个红旗飘飘的不寻常年代，为了家里生计，为了烧火和取暖，爬上运煤炭的火车，不想……

还好，姑姑最后醒了过来，就再也不敢爬火车扒煤炭了。后来，我离乡出外求学，姑姑嫁人，就再也没见过她，只是那双细长的大眼睛，清澈在心头，永远挥之不去！

我不知道眼前的这个女孩和姑姑有没有血缘关系，如果有也是孙女辈了。她永远也想象不到我们像她一样大时，过得是怎样的生活？现在，她坐在有空调的教室内，夏天凉风习习，热不着；冬天，温暖如春，冻不着。宽敞明亮的教室一尘不染，洁净的玻璃如玛瑙一样晶莹剔透。纯实木的橙黄色课桌，闪着温润的光。十几盏日光灯，漆黑的夜灯火通明，一点也不刺眼。更不用说漂亮的教学大楼，现代化的多媒体教学，我们那时是连想都不敢想啊！吃饭，学校供应午餐，有荤有素，营养合理搭配。上学还不用交学杂费，国家一切全免。现在的孩子真是太幸福了！

我轻轻踱到女孩跟前，女孩正专注地摆弄着她的银手镯。手镯非常精美，龙凤图案惟妙惟肖。我看了看女孩的答题卡，选择题做完了，后面的大题只做了一半，最后一页几乎全是空白。我大脑也一片空白，如一根针刺向那个最柔软的地方。我重重地敲敲桌子，以示警告。多好的学习条件啊，现在的孩子怎么会这样呢？

女孩给了我亲切感，又给了我疼痛。我抬起头，望向远方……

那是三间破破烂烂的教室，后墙的窗子，没有玻璃，裸露着黑洞洞眼睛，凝视着这个是是非非的世界。冬天，窗子糊上白色的塑料布，不几天就被肆虐的北风撕扯得千疮百孔，上课时如一面面红旗招展，哗啦啦直响，陪着我们这群孩子一起闹腾。水泥板的课桌，夏天还好，冬天冰冷冰冷的，趴在上面写字，就像趴在冰块上。门窗吹来的风，飕飕地直往袖口里钻。那时，上灯课用的都是煤油灯，微弱的火苗冷风中左右摇摆，把我们瘦弱的影子投在墙上，不知什么时候灯就被风吹灭了。重新点上，再吹灭，再点。有时实在太冷，就捂住灯光暖暖手，却没有丝毫作用。我手上长满冻疮，化脓溃烂，穿衣、脱衣都是一种折磨，疼得我嗷嗷直叫。母亲用布给我包好，血水和布粘在一起，撕掉布，连着肉，我哭得死去活来。现在左手手面还留着硬币大的伤疤。那是童年割不掉的痛。

邻家姑姑没有冻疮，她皮肤黝黑，手很瘦，几乎没有肉。头发又细又黄，嘴里常常含着一个大盐疙瘩。那时没有细盐，只有粗盐。也许常年吃不上腥味，盐就是解馋的一种方式吧。姑姑学习很好，班级前几名，老师经常夸她。我是姑姑的跟屁虫，她到哪我就到哪，挖野菜，割猪草，放羊，姑姑经常给我讲故事，都是她从书上看到的，我喜欢写东西，也许姑姑就是我的启蒙老师吧。后来，姑姑辍学了，她娘，我二奶奶说，女孩子认识几个字就够了，将来终归是人家的人，书读多了没用。姑姑没哭没闹，跨着书包就回家了。不过，姑姑经常陪我一起去上学，走到学校再折回，那双清澈的大眼睛雾蒙蒙的。

"离考试结束还有15分钟，没涂卡的同学请抓紧时间涂卡。"广播里传来悦耳的女中音。我再次踱到女孩跟前，女孩竟答完了所有的题目，娟秀的楷书工工整整，那只好看的银手镯放在了一边。难道女孩看出了我的愠怒，随便答题，对我敷衍？也许是我错怪了女孩，那只手镯有着非同寻常的意义，也许是谁留给孩子的念想，女孩睹物思人，忘记了一切。我宁愿相信后者！

就如我，对手镯不也一直耿耿于怀吗？母亲也有一副银手镯，上面雕刻着精美的"福"字，非常漂亮，母亲视作宝物。那是母亲唯一的嫁妆，是外婆留给母亲的。为了给我交学杂费，买学习用品，父亲偷偷把手镯以五元钱的价格卖给了走街串巷的小商贩。母亲知道后没有说话，却偷偷哭了好长时间。后来，我参加工作，给母亲买了一副同样款式的银手镯，才平复了一颗愧疚的心。

窗外的麻雀仍然叽叽喳喳叫个不停，太阳西斜不再那么炽热，整个教学楼沐浴在金色的阳光里，童话一般。香樟树叶子也精神起来，抖抖身子，依然枝繁叶茂。空调的风凉凉的，吹散心中的郁闷，爽快了许多。

铃响了，考试结束，孩子们一一走出教室。女孩走到我面前，突然给我深深鞠了一躬，那双清澈的细长眼睛，俏皮地眨了眨，然后飘然而去……

远方，所有的美好和幸福会接踵而至！

天黑得越来越早了。

下班回家的路上，昏黄的路灯撕扯着落寞的身影，胡乱地洒落在枯黄的落叶上。瑟瑟的秋风直往脖子里钻，裹紧风衣，挡住了寒冷，却挡不住忧伤的侵袭。看着来来往往的人群，多少次的擦肩，却没有一人驻足回眸。其实，我们都是彼此匆匆的过客，相遇，相知，相惜，是佛前求了五百年的执着，来之不易。只要遇到，就应珍惜。许多时候，我们往往在别人的故事里流着自己的眼泪，都以为自己是事不关己高高挂起的看客，到最后发现都是可怜兮兮的演员，在人生的舞台上上演自己的悲欢离合。只不过有人演得很认真，有人演得极潇洒。不到谢幕的那一刻，还要在人世间一如既往地演下去。青衣飘飘，泪眼蒙蒙，锣鼓喧天，都是一场闹剧。

我知道，自己是那个最拙劣的演员，一次又一次地泪流满面，做什么事往往情绪化，不懂得控制自己的情绪。一直在读美国哈佛大学心理学教授丹尼尔·戈尔曼的《情商，为什么情商比智商更重要》，自己一直都是情商很低的人，与人交往，往往不能赢得众人喝彩。但是，我绝不会为了赢得别人的好感，就忘记真实的自己。如果失去了真实自己，最后只能发现，无法拥有任何满意的亲密关系。生活是你不得不上场的舞台，你只能演好自己，而不是忘记自己。

要下雨了，路上行人匆匆地来，匆匆地走。今天你来了，明天我走了，没有不散的筵席。相濡以沫不如相忘于江湖，再美好也经不住遗忘，再悲伤也抵不过时间。今人不见古时月，今月曾经照古人。无论谁对谁错，到头来都会被时光遗弃。你不会一直住在别人心里，也许哪一天他会把你丢失，不要怪他，只怪光阴的无情。我们太渺小，抵不住光阴的永恒。

暮色越来越浓了，秋雨缠缠绵绵地下了起来，要下就淋漓尽致地下吧，何必这么羞羞答答。压抑太久了就该哗啦啦大哭一场，像那夏日的雷声，轰隆隆地动山摇；像那刺目的闪电，刺破苍穹的眼。秋雨啊，你却给人太多的缠绵，太多的伤感！

由于改建路面，路两旁的绿化带被连根拔起，乱七八糟地堆在一起。往日的郁郁葱葱已是昨日的记忆，一根根树木也是鲜活的生命啊，为何这般惨遭屠戮！人类还是这样的唯我独尊，不把万物视作生命。其实我们都是世界的一分子，应该平等相处。等到世上只剩下我们这些所谓的聪明人类，该是怎样的寂寞孤独。

到家了，小区已是灯火通明，哪盏灯为我点亮？掏出钥匙，点亮灯，一屋子的光明与温暖。余生，照顾好身体，无愧于心，不欺于人。坦坦荡荡活着，对得起自己。有情有义活着，不辜负真心。

卧在心头的铁轨

　　冰凉的铁轨往往是分别的见证，我心中的铁轨却和贫穷紧密相连。小时候，除了饥饿时时光临，还有烧火的窘迫。那时候，连路边树叶都捡得干干净净，地里的麦茬被铲除一光。我的家乡，靠近煤矿，靠山吃山，靠水吃水，靠矿吃矿，煤炭成为取暖烧火的最主要来源。

　　六七十年代，童年的记忆里，冰凉的铁轨如一根钢针，刺进心脏，疼痛不已。那时，煤矿的煤炭要用火车运往外地，火车驶出煤场时，车速很慢，这时，村民们就越过铁轨，爬上火车，把车厢里的煤炭，扒进蛇皮口袋，然后滚下车厢。火车走远了，再把煤炭扛回家。扒煤炭，是不允许的，稽查队常常逮住偷煤的村民，轻则罚款，重则抓捕。可是，孩子们可以从轻处罚，女孩子更是有恃无恐。所以，火车上扒煤炭，孩子成了主力军。

　　那时，我也是其中的一个，庞然大物般耸立着的火车，在冰冷的铁轨上慢慢启动，碾压着铁轨，哐当哐当直响，火车喘息着，吐出一股股白雾，越走越快，矮小瘦弱的我根本爬不上去，只能在铁轨旁捡拾火车上跌落的煤炭。邻家哥哥叫三元的，比我大几岁，身手敏捷，如猴子般灵巧爬上火车，瞬间就扒满几口袋煤炭，再把口袋麻利地滚落在铁轨旁。后来，因逃避稽查队，匆匆跳下已加速的火车，摔倒在铁轨旁，右脚的五个脚趾被铁轨齐刷刷截去。他爹娘哀号着，沿着铁轨，背着他跑向医院，那无助凄惨的背影，多年后依然在梦里摇摇晃晃。

捡煤炭，除了扒煤，还可以去矸石山捡。从矿井拉上来的湿漉漉的矸石，往往掺杂着少量的煤，幸运的话，还可以捡到木头，甚至还有废弃的金刚钻头，卖二块钱一个。小我四岁的小妹和我，是矸石山捡煤大军的常客。寒冬腊月，在泥浆里摸爬滚打，脸上是黑黑的煤灰，身上是脏兮兮的泥浆。红肿的小手在矸石里挠抓，十个指甲磨得光秃秃的，渗出红红的血珠。手背上长满冻疮，被水浸泡，钻心地疼。孩子们一个个抬着头，站在矸石山下，寒风刺骨，眼巴巴盼望山顶高高的铁轨，倾泻下些许的煤块，然后不管骨碌碌滚下山的大块矸石，不顾一切地冲上去，抢拾煤炭，晚一步就会被别的孩子捷足先登。那天，我捡到一块废铁，正沾沾自喜。只听一声惨叫，妹妹被一大块矸石砸中，滚下山去，我吓得跌坐在矸石山上，又疯了般向妹妹冲去。山下，抱着哭叫的妹妹，我不知所措。抬起头，山顶的铁轨，太阳下闪着光，刺眼地疼。

80年代，烧的问题基本解决，吃饭仅仅温饱。那年，我考上师范，家里根本拿不起五十元学费。母亲让我去舅舅家借钱救急，舅舅家住在离我家十几里路铁道附近的一个小村庄。我沿铁道步行，铁轨在盛夏的烈日下滚烫滚烫，我一步一步踏在枕木上，不小心一脚踏空，摔倒，硌在碎石子上，枕木上，生疼，心更疼。铁轨如我，再累也不能睡觉。趴在铁轨上，听火车的心跳，砰砰砰，是我的心声，那边寂静无声。没有树荫，我在烈日下暴晒着，汗水一滴滴落下，望着看不到尽头的铁轨，我只想哭。

到了舅舅家，我说明来意，舅母不说话，舅舅也没吱声，吃完饭，也不提钱的事。舅舅在矿山上班，应该有点钱，可是，他也要养家糊口。我悻悻而归，沿铁道低头一步步走着，眼泪也一滴滴流下来。走了一半的路程，舅舅喊着我的名字骑车追来，我以为他给我送钱来，高兴地连忙迎上去，他却把一大包新鲜的菱角塞给我，走了。我呆呆地立在那里，舅舅的身影越来越小，铁轨最终湮没了舅舅。那长长的铁轨，像两根钢刺，刺在心上，至今想起来还疼痛不已。最后，两毛钱一斤，母亲卖了几口袋粮食才凑够学费。我进城读书，国家供应饭食，我不知道父母和年幼的兄妹如何度过少粮的岁月，只是每次回家，把省下来的饭票，买许多油条和酥饼带回家，看着弟弟吃得狼吞虎咽，我的眼泪止不住流下来。

大学毕业，回乡下教书，生活越来越好，再也不为柴米油盐发愁，和铁轨有关的无非是出行旅游。那闪亮的铁轨，是山水一程又一程的延伸，是美好一次又一次的抵达。后来，孩子长大，考上大学，送儿子读书，是和铁轨时间最长的一次接触。第一次坐这么长时间的火车，来回四天四夜，在铁轨上风驰电掣，铁轨不再冰冷，而是心不忍丢开的长长手臂，一头是儿子，一头是我。火车不再喘息，不再喷出白雾，比过去快了好多。车内凉凉的空调稀释了一颗疲惫的心，儿子的身影在眼前晃动，是劳累更是幸福。

如今，儿子大学毕业了，到南京工作。去儿子的城市，明晃晃的铁轨，是如此繁忙，一刻也不停止，载着一个个游子，从故乡到他乡，从他乡到故乡。高铁如一头猎豹，穿行在中原大地，再远的距离都不是距离，铁轨是连接心与心的纽带。儿子大了，我们却老了，一次次磨砺，如铁轨，无论怎样的碾压，依然是铮铮铁骨，依然又直又硬。告诫儿子，生活亦如此，碾压后，擦干泪水，继续前行，铁轨的那头，是诗和远方的田野……

一次次征程，一次次抵达，他乡又成故乡，铁轨更成了回不去的过往。每次看到闪亮的铁轨，总是挥不去忧伤。好在，一切都成为过去，那个邻家哥哥三元，听母亲说，在家开了一家饭店，盖起小洋楼，小日子红红火火。妹妹在家养殖宠物狗，一只小狗上万元，日子如蜜甜。儿子成了工程师，继续书写青春的诗章。

铁轨，载着烧煤的绿皮火车，载着电动的提速列车，载着猎豹一样的高铁，一步步走过四十年的岁月，刺啦啦往前飞奔……只是，还想趴在铁轨上，听一次火车的心跳，即使白发苍苍，依然改不掉的习惯。

回首向来萧瑟处

回首向来萧瑟处，归去，也无风雨也无晴。没有苏子的旷达，却有着经历风雨后的淡然和洒脱。这一年，多少事，欲说还休。

这一年疫情肆虐，生离死别的悲情，大爱无言的豪迈，在新年的第一天就一幕幕上演。注定是不平凡的一年，多少眼泪纷飞，多少生死两茫茫，多少逆行者的背影定格成永恒！上个冬天我陪你走过，这个冬天我依然陪你走下去，只要心中有爱，三九严寒何所惧！

这一年，对于我来说，依然是苦乐参半。一次次的磨难，一道道伤口，镶嵌在身体最深处，咬着牙，弯着腰，依然奋力前行。默默对自己说，你还有爱你的爹娘，你还有一双好儿女，你还有爱你的亲人，一定要挺住！是啊，谁不是一边含着泪，一边努力活着！不忍肢解生活，跌跌撞撞往前走，只要自己坚持，自己努力，一切都会烟消云散，回到最初。毕竟，苦苦相守，就如一根钢钉嵌入彼此，不是谁说拔出就能拔出的，也没有谁能击败老人与海的不屈。即使，生活在端午节那天露出狰狰的面孔，我依然是我，有水的柔弱，也有水滴石穿的坚强。

每一次苦难都是一次磨炼，一次成长。经历多了，反而稀释了苦难。莫听穿林打叶声，何妨吟啸且徐行。竹杖芒鞋轻胜马，谁怕？一蓑烟雨任平生。人生就是这样，穿越纷繁，穿越苦难，最后重归简约，重归平静，还原成一种朴素而又高级的纯粹，一种淡然处之的静默！成熟不是因为年龄，而是懂得放弃，学会了圆融，知道了不争！有些东西，争，没有丝毫意义，是你的就是你的，不是你的争也没用，我一直相信。

这一年，一段友情的破裂，同样颠覆了对人性的认识，一贯真诚待人，罄其所有，毫不保留。可是，往往伤人最深的就是最亲最信任的人！为什么会这样，交出了一切，最后一无所有。就如那包三七，细细磨成粉，最后还是苦不堪言，好在抚慰过伤口，治愈过病痛。就如那弯月色，皎洁过，圆满过，最后还是残缺，勾得人心疼。

这一年，父母的身体每况愈下，八十岁的老人，一步步走入低谷。母亲脑梗，双腿无力，疼痛难忍。一夜夜难以入睡，吃了好多药，仍无济于事。特别是寒冷的冬天，血管阻塞，走路都很困难。一向硬朗的父亲也到了风烛残年，胸闷，喘气费劲，肺有问题。肠道不好，大便带血，不能吃饭。老了老了，害怕成为子女的累赘，生了病也硬撑着，不去住院。他们知道，一旦生病住院，就会掏空所有的积蓄，毁了家庭。每个人都有老的时候，但愿所有的子女都能善待老人，给他们一个祥和幸福的晚年！

还好，这一年，呕心沥血后，散文集终于出版，蹉跎半生，总算给自己一个交代，没有浪费生命。就如宋老师所言，谁不想在向往的地方，放下疲惫、烦恼、压抑，再演绎一场闲敲棋子，花间醉酒的温馨？可是理想很丰满，现实很骨感。人生短短几十年，来不及回首，就匆匆而逝，一半烟雨，一半阳光，在烟雨中柔情，在阳光中温暖，生活依旧美好！

感谢我的老师和文友对我一直的鼓励和帮助，感谢学校领导和同事对我文字的支持和厚爱，感谢我的学生对我散文的尊重和赞赏。一个学生说，老师，读您的书让我学到很多东西，简直爱不释手了！以后您再出书，一定告诉我啊！一个学生又说，老师，您写得太感人了，我哭了好几次！谢谢你，孩子！对老师文字的认可就是老师莫大的幸福啊！

回首向来萧瑟处，也无风雨也无晴

这一年，就这样匆匆走完。经历太多的伤痛，就不在乎伤痛了！再看到一些不该发生的事，虽然切切实实伤到了自己，竟也波澜不惊，好像和自己无关了。放下，一身轻松！

这一年，说一声再见。新的一年，道一声你好！

新的一年，好好陪伴父母，因为我们陪伴父母的路越走越短，不知哪一天，我们就把他们丢了，再也找寻不到。趁他们还在，好好爱！即使说话听不清，腿脚不利索，不要大声呵斥，就像小时候他们呵护我们一样，好好呵护他们。父母在，一切皆有来处，父母不在，我们只剩下归途！

新的一年，对自己好点，过好自己的生活，继续锻炼身体，跑步，跳操，瑜伽，一个好的身体比什么都重要。身体垮了，其他都是虚无。皮之不存，毛将焉附？

新的一年，好好读书，好好写文字，在云端里爱诗，在泥土里生活，在岁月中洒脱。这才是最好的生活！

一年的最后一天，平淡又不平淡走完。明天，新的一年，新的一天。一切都已过去，一切又都是开始！祝愿新的一年，依然从容走过，不悲亦不喜！

那抹夕阳红

是非成败转头空，青山依旧在，几度夕阳红。一转身，人生已过大半，也想寄情山水，托趣渔樵，赏花开花落，看云卷云舒。奈何，退休的日子长路漫漫，习惯了忙忙碌碌的日子，习惯了上班路上匆匆再匆匆的身影，习惯了教室内孩子们一张张青春的笑脸和一双双求知的眼眸，习惯了下班后那抹夕阳镶在天边的绚丽。

骤然停下来，才觉得灵魂和身体的剥离。年轻时，身体和灵魂是统一的，灵魂大踏步前进，从不理会身体的各个部位。现在，身体的各个部位出了毛病，失眠，头疼，胆囊炎，腰椎间盘突出，灵魂不知道哪一天就离开了，日落西山，再也看不到夕阳的绚丽多姿，岂不是人生一大憾事！

再度回归校园，让灵魂在夕阳中升起万缕霞光，让生命在最后的光阴里绽放最美的色彩。

老了，真的老了。老是失眠，闭着眼，脑子里翻滚着白天的事，闹哄哄，你方唱罢我登场，走马灯似的。天快亮了，才迷迷糊糊打个盹，有时四点了，还睡不着，骨碌碌只好睁着眼到天亮。可是，课还得上，有时一天上四节课，不敢有丝毫懈怠。孩子们叽叽喳喳，小鸟一样不安生，我必须一边讲课，一边和孩子们周旋。一节课下来，喉咙像被一只手狠狠掐住，疼得喘不过气来，大把大把吃药，才稍微缓解。一个男孩，我甚至还叫不出他的名字，课间却给我送来一包金银花，还没等我开口说话，放在我办公桌上就跑了，等我追出门外，早就跑得无影无踪了。后来其他学生告诉我，送我的金银花是男孩给他爷爷要的。我的心暖暖的，嗓子也感觉不到疼了，即使疼也值得！有这么好的孩子，我工作再苦再累，无怨无悔啊！

午饭，我是在学校吃的，别的老师吃过饭都可以午休一会，而我必须匆匆往娘家赶，我还要趁中午这点时间照顾我的父母。人到中年，上有老下有小，肩上担着两代人的责任，非常沉重。特别是父母年事已高，且体弱多病需要照顾。母亲，脑梗多年一直吃药，还有心衰、房颤，两条腿也不能走路。父亲老寒腿，胃还有毛病，经常疼得睡不着觉。两个老人如秋天的叶子，不知道什么时候就会飘落下来。我时时提心吊胆，特别害怕半夜手机铃声，担心有啥事突然发生。老人都需要子女的照顾，弟弟在私企上班，星期天都不休息，即使不分白天黑夜地干活，房贷也经常不能按时偿还。妹妹在外打工，上百万的外债已经压得喘不过气来，哪里还有精力照顾父母？我只能扛起这个责任，为老人看病买药，洗衣做饭收拾房间。只要一天见不到我，母亲定会打电话，"秋，在哪呢？我的药快吃完了。""秋，这几天腿疼得厉害。""秋，你爹胃疼，不能吃饭了！"我快马加鞭，一切忙完，再匆匆往学校赶。有时太疲劳，骑着电动车打盹，脑子一迷糊，差点摔倒。我的妈啊，这可是车来车往的大马路啊！我可不能成为牺牲品！一个激灵，一身冷汗，赶紧握紧车把，向学校狂奔而去。

期终考试快到了，一次次模拟考试、一张张试卷批改考验着我的视力。都说老眼昏花，果真如此。有熟人迎面走来，几米之内我才能分辨出男女，搞明白是张三还是李四，以至于有同事、同学以及朋友，说我高傲自大，看不起人，远远看见连招呼都不打。其实，怪就怪在"远远"上，几米之内我一定一腔热情，待君如亲人！现在的我，老花眼，近视散光，我的世界已经惨不忍睹，那些蝌蚪一样的文字我必须近距离审视，才能弄清它们姓啥名谁，否则就乱了分寸，张冠李戴。于是乎，期终考试前，开始了我和方块字之间的艰难对峙。孩子们在试卷上布下阵来，有的整整齐齐，千军万马向我逼近；有的歪歪斜斜，三五成群向我靠拢。我不得不使出浑身解数，近视镜，老花镜，放大镜，各式先进武器齐上阵，兵来将挡水来土掩，一张又一张试卷，三百个方阵，被我一一攻破，虽然天色已晚，饥肠辘辘，三百张试卷俯首陈臣，大获全胜，我成就感满满。第二天，孩子们拿到批改好的试卷，看到满意的分数，既惊讶又高兴。视力不好又如何，只要战略上藐视敌人，战术上重视敌人，必定攻无不克，战无不胜。一位老人不是说过吗？世上怕就怕"认真"二字！

"莫听穿林打叶声，何妨吟啸且徐行"，可我终究没有苏公的大度和潇洒，退休了，人生的风风雨雨还是侵蚀岁月，时光的皱纹漫过来，淹没了一个个夕阳染过的日子。不过，无论怎样，校园中那抹夕阳红，依然美丽着秋日的天空。

清明时节雨纷纷

又是一年清明节，又是一夜雨纷纷。

清晨，撑一把雨伞，步入烟雨蒙蒙的滨河堤岸。桥头，淡淡的白色圆圈内，纸钱焚烧的痕迹若有若无。没机会回去祭拜逝去的亲人，就在这里，给远方的亲人送点纸钱，让亲人在那边过得幸福。去年，不到三个月，痛失两位亲人，大伯和五叔相继离去，不知在那边如何？兄弟俩又可以一起痛饮，不再孤单。也不知父亲，今天心情如何？是否在想念离去的兄弟。父亲也越来越老，身体越来越差，脑梗，胃病，腰腿疼，各种疾病纷纷上门，把瘦弱的父亲折磨得更加瘦弱。想到这，心针扎般疼，泪水蒙眬了双眼。

雨，依然下着。幽静的小路，失去了往日喧嚣，寂静无人。湿漉漉的路面，镜子一样倒映着杨柳身姿，大理石凳子雨中静默着。一切都是静悄悄的，是怕惊扰了那些逝去的亡灵吗？一个人生前无论怎样风光无限，怎样使劲折腾，当走到生命尽头的那一刻，他的内心应该是安静的，回到生命最初的本真。生之绝望，方能安详。如油灯熄灭，一切归于黑暗，归于平静。

雨，密密斜织着。路旁的一树树紫荆花，如一团紫色的云，雨中摇曳着，升腾着，绚丽着。她执着自己的美丽，使劲地挺直身子，开出最美的样子！可惜，树下也有紫色的花瓣，坠入泥土，香消玉殒。世上没有什么可以永恒，既然来了，就轰轰烈烈走一程，把一生当成修行。人也是如此，安德烈·纪德说：人应该时时怀有一种死的恳切。这样，有敬畏之心，就能深情对待万事万物。如弘一法师一样，悲欣交集！

又来到这座木桥，记不清多少次走过她了。今天踏上去咯吱咯吱响，颤颤悠悠的。突然想，如果此刻我不慎摔倒，谁会伸出有力的臂膀给我支撑？没有，没有人会帮我，一切要靠自己。在危难的时刻，我们总习惯寻求帮助，依赖别人走出困境，其实，大多数情况，我们无人可求，一切要靠自己。

雨还在下，大大小小的雨点，敲打河面，泛起涟漪，一圈又一圈，无休无止。

不知什么时候，雨停了。河水如镜，倒映河岸树影、花影。长堤一痕，如水墨丹青。岸边，黄色油菜花雨中凋零，消失了黄艳艳的色彩，绿色渐成主角，涂了一地。往日，这里有好多钓者，一把遮阳伞，一根钓鱼竿，可以一天垂钓，神态专注，悠然自得，不为鱼，只为钓，钓的是心情。古代，泗水归鱼，也许也是为此吧！

走过木桥，往东，就可以看到四根红色的柱子，在雨中寂寞地矗立。四根柱子，像一根线穿起来的四颗珠子，互相连贯不可分割。虽然红漆脱落，斑驳陆离，上面的图案还清晰可见，云兽相间，十分壮观。不知其含义，大概和卦象有关吧，代表宫殿巍峨，千秋万代。沛县是一代帝王乡，而今，昔日的大汉帝国早已宫阙万间都做了土，只有眼前依然矗立残缺基柱，诉说着大汉昔日的辉煌。

和四根柱子相邻的还有六根方形柱子，上面是当年建立大汉四百年基业开国功臣的画像，五里三诸侯成为天下佳话。伫立柱子前，我双手合十，方柱上的人物静静地望着我，望着大汉的子民，大汉的天下，是悲是喜？清明时节，无人拜祭，孤独的先贤，与雨为伴，与我为伴，愿你们佑我幸福，佑我大汉子民幸福！

雨，又淅淅沥沥下了起来。是思念一个人，思念曾经的相亲相爱？一棵红叶树在万绿丛中格外醒目，那是一颗颗女人的红泪吗？还有黄黄的迎春花，把一颗颗眼泪揉进了血液里，不舍这明媚的春天吧。该开的花都开了，该走的一定会走，该来的也一定会来，一切不可强求。

梨花一枝春带雨，瞧这楚楚可怜的模样，疼了谁的心，又伤了谁的情？

一束束樱花，还在做最后的努力，多美啊！粉色的花瓣，湿漉漉的，娇嫩嫩的，让春天明媚了，灿烂了，多情了。还是要谢幕的，还是要走的。一想到，几日后，这些花儿都会凋谢，几分伤感才下眉头，又上心头。想起黛玉葬花词：花谢花飞飞满天，红消香断有谁怜？不过，质本洁来还洁去，也不失一种完美吧！

桃李春风一杯酒，江湖夜雨十年灯。清明时节，一杯浊酒和着雨声敲打着思绪，点点滴滴到黄昏，到天明……

爱情小满

小禅说，小满其实也是人世格局，小满即可——哪有那么多轰轰烈烈的刻骨铭心？都是似水流年。

似水流年才是人生，才是日常。我们都是凡夫俗子，一辈子都平平常常，一如爱情，平淡得如白开水，正因如此，才能天长地久。如果轰轰烈烈，两个人爱得死去活来，那也只是昙花一现，如绚丽的烟花，盛开之后，也是烟消云散，留下的是满地的破碎。所以，凡事过之不及，适可而止。

一个朋友向我讲述她的爱情故事，四十不惑，可是她却在生活里迷惑了，老公不是不爱，只是左手和右手一样，多了亲情，少了浪漫。为了妻儿老小，在外面打拼，劳累一天回到家，呼呼大睡，不会花前月下形影相吊，也不会向她嘘寒问暖，情意绵绵。朋友虽然四十大多，注重保养的她仍然年轻漂亮。做销售，免不了吃喝应酬，席间有男人大献殷勤，开始她也只是一笑了之，最后，经不起男人含情脉脉的目光，经不起温暖如春的甜言蜜语，更经不起一次次的肢体上的亲密接触，新鲜感，好奇感，孤独感，让她忘记了自己的身份，沦陷之后，欲罢不能。仿佛又回到了少女时代，一次又一次，彼此好像是热恋的情侣，形影不离。男人五十多岁，可以说是一方名流，认识好多大人物，她崇拜他，欣赏他，他也说她是他的唯一，不会再爱别人，朋友相信自己找到了真爱，毫无保留地付出。他说他的事业处在一生的低谷，他没钱，他很穷，除了爱，他一无所有。她不管，她只要爱。公共场所，他们肩并肩，手拉手，一起吃饭，一起打牌，一起逛马路。甚至，她把他带到自己的父母面前，吃地锅，一家人说说笑笑，仿佛真的是一家人。她为他买衣服，高档衣服，自己都舍不得买，给他买。为了他，他失去了自己。而他，一次次说对不起她，没钱给她买礼物，等将来有钱了，一定好好补偿。她相信了，她说，她不是为了钱和他在一起的。殊不知，男人在女人面前说自己没钱，其实，说明他根本不爱这个女人。爱一个人，不会在她面前暴露自己的短板，总是展示自己最优秀的一面。甚至是没钱也装着有钱，不让爱的人担心自己，更不让爱的人看不起自己。男人怎么能花女人的钱？除非他动机不纯！可是，没读过几年书的她怎么能洞察男人的心理呢。她一如既往地奉献着，以为自己很伟大。直到有一天，她看到他和另一个女人在一起，一个比她更年轻漂亮的女人，那一瞬间，她蒙了，差点晕了过去。过了好长时间她才回过神来，原来一切都是骗局，他欺骗了她！朋友说到这，眼里没有愤怒，也没有眼泪，仿佛说着别人的故事。我明白，她已经云淡风轻，不需要我的劝慰。

过后，她删除了他的微信，删除了一切！他去单位找她，任凭他涕泪交流，她不解释，不回答，不理睬。她又回到原来的轨道，生活平淡而真实。一日三餐，柴米油盐，日子如风，不知不觉就溜走了。没有踪迹，没有波痕。在微醺的风里，买菜做饭，洗衣服，闲暇时，看看花，喝喝茶，就这样日复一日，过完一个个平淡的日子。那些所谓的刻骨铭心早已随风而散，连记忆也模糊不清了。

小满才真实，太满而溢，爱情如此，人生亦如此！

任世事沧桑，
不染岁月风尘

许久，心中无字。也许，看惯了世事沧桑，内心早已波澜不惊。也许，经历了悲欢离合，凭栏处亦是云淡风轻。

几个月来，一场又一场悲情一幕幕拉开，来不及驻足伤心，就又奔赴下一处。弟弟工作时右脚粉碎性骨折，住进医院。没几天侄子上学路上摔倒脚踝骨裂，住进医院。现在，老父亲在家不慎摔倒，肋骨骨折，又住进小医院。一连串的打击，母亲瘦了十多斤，脚步更加踉跄，自顾不暇，伤心处，唯有暗自垂泪。

已是初秋。把手伸出窗外，有凉风绕指，兼有秋雨绵绵，更添凉意。前几日还是烈日当空，炎热难耐，夜间务必开着空调方能入睡。今日出伏，雨从昨晚一直下着，一转身，夏已走远，秋的脚步已悄然而至。夜晚凉风习习，冷雨敲窗，秋意渐浓。

父亲住院第八天。仍吃得很少，我想尽一切办法让他吃饭，牛奶鸡蛋羹，排骨汤，小米瘦肉粥，变着花样做，仍是徒劳。问医生，说是整日卧床所致，可轻微走动。那就走走吧，病房在二楼，搀扶父亲下楼，没有电梯，也没有一般的楼梯，铁板焊接的外跨楼梯很陡，60多度的坡度，父亲走得很艰难。他右手拄着拐杖，左手扶着铁栏杆，弓着腰，一个楼梯一个楼梯蜗牛样往下挪。父亲说，他有白内障，看不见路。我架着父亲的胳臂，走一步再走一步，下了楼，我和父亲已是一身汗。岁月无情，把一个铁打的汉子雕刻成干枯的木头。

我和父亲出了医院大门，往西，是几百亩的荷塘。放眼望去，刚刚经过雨水冲洗的荷叶更显苍翠。那满眼的绿啊，呼啦啦就逼近你的眼。绿色的波涛左右翻滚，冰清玉洁的白莲花，朵朵盛开，星星样点缀其中，妖娆而无媚骨，典雅而高贵。那是经过一个夏季的热烈，而沉淀下来的宁静，是岁月沧桑后的淡定自若。我惊诧百亩荷塘的辽阔，更读懂亭亭如盖、纯洁无瑕的执着！看惯了没有生命的灰色高楼，这无边的绿色的确震撼了我！这里是生命之源，在这里才体会到生命的勃勃生机，我脚踩地面，就如希腊神话的那个力大无穷的安泰，只有靠近地母，浑身充满力气，才能所向无敌。

父亲也定定地望着荷塘，我问父亲，这么多莲藕怎么挖出来。父亲说，现在都用机器挖了，很好挖。接着如数家珍说起他年轻时的挖藕经历。

父亲年轻时是挖藕能手。每年七月到来年五月都去微山湖挖藕，卖了钱养活我们兄妹四个。微山湖的藕有白莲和红莲之分，开白花的叫白莲，果实甜脆，可以生食，炒着吃最好。开红花的叫红莲，果实颜色稍暗，不脆，炖着吃软糯香甜。微山湖多的是红莲。

父亲说，他天不明就起床，步行去微山湖，蹚水数里到湖水深处，才能挖到莲藕，近水的藕都让别人挖完了。水很凉，有时还结着一层薄冰。蹚入水里如进了冰窖一般，牙关直打颤。在水里先找到藕芽，再顺势找到莲藕，有的两节，有的三节，有的更多。两节的又白又胖，如婴儿的手臂，是最好的。三节的藕巴子过长，藕节就短了些。找到莲藕，就用挖藕的工具木锹，铲去藕周围的淤泥，然后用藕钩缓缓将藕勾出来，中间不能停，否则易断。把挖出来的藕放在自己编结的草筏子上，一头系在身上。人到哪，草筏子到哪，草筏子到哪，莲藕到哪。父亲说，这样挖藕一天只能挖五六十斤。然后，蹚水几里路才到岸边。水路很难走，稍有不慎，踩到水沟，就会摔倒在水里，浑身都是泥水。上了岸，背着几十斤重的藕，还要步行十几里才能到家。到家后已是晚上，去和来，两头不见太阳。挖藕经常有水蛭吸附在腿上，狠狠拍打才能弄掉水蛭，水蛭吸附的地方，鲜血淋漓。

父亲说得很平静，我知道，父亲每挖一棵藕的艰难，也知道每向前迈出一步的艰辛。瘦小的父亲吃的苦如微山湖一样浩大，只是父亲不说，如湖水一样沉默。父亲挖藕养活了他的四个孩子。现在父亲老了，病了，走不动了。如秋日枯荷，深深垂下了身子。但是，任凭风吹雨打，枯荷仍傲立不倒。这是荷的风骨，也是父亲的风骨！可以被打败，但绝不可以被打倒！骨折的只是身体，折不断是不屈的灵魂！

回到病房，父亲躺在床上，瘦小的身子蜷曲在被子里，不久就睡着了，一脸的安详和平静。荷，洁净，"看取莲华净，应知不染心"，任世事沧桑，亦不染岁月风尘。父亲也是，依然善良，依然脚踏实地、不屈不挠，依然热爱生活，爱他所拥有的一切，包括身边的一个我！

第三辑

滋味人生

外婆，月饼和我

外婆去世四十年了。外婆走的那天是中秋节前夕，那年的中秋没有月光，天阴沉沉的。

那晚，外婆准备中秋节吃的月饼，刚做好就咳嗽起来，一口痰堵在喉咙里，怎么也咳不出，脸憋得发紫。小姨吓得直哭，大舅也吓得不知所措，手哆哆嗦嗦去抠痰，怎么也抠不出来，慌忙去后村叫医生，等医生赶到，外婆已经断了气，身旁的月饼撒了一地。

中秋节，谁也没吃外婆做的月饼，圆圆的月饼放在外婆的灵堂前，如一颗颗大大的眼泪，汪洋了整个屋子。我哭得死去活来，二舅妈误认为我中了邪，掐我的人中，我也不觉得疼。我知道，我没中邪，我是接受不了外婆离开的现实，她才六十六岁啊！

送走外婆的那天晚上，月色很美，我陪小姨说话。也许眼泪早已枯竭，小姨只是呆呆地坐着，没有再哭。小姨只比我大三岁，大舅｜二舅成家后，一直和外婆相依为命，直到外婆生命的最后一刻。她眼睁睁看着最亲的人一步步离去，那种伤痛无法用语言表达。小姨拿出一块月饼，外婆最后一次用生命做出的月饼。小姨说，外婆让我把月饼拿给你吃。手中圆圆的月饼，天上圆圆的月亮。圆，就是团圆，为什么会有分离，而且是永远的分离。我咬了一口，眼泪再次奔涌而出。外婆啊，你生命的最后一刻还想着我，你在天上能看到我吗？天堂没有疾病，外婆啊，一路走好！

小时候外婆最疼我，知道我喜欢吃她做的月饼，每年做好后，就让二舅给我送来，十多里路，二舅一路小跑，从怀里拿出来，月饼还热乎乎的。那年月，家里穷，没钱买月饼，我上学的钱都是母亲卖了鸡蛋攒的。母亲拉扯我们兄妹四人，也没空做月饼，都是外婆为我们做。

外婆裹着小脚，后脚跟着地，一颠一颠的，围着锅台跑前跑后、忙上忙下，热得满头大汗。外婆用油和水和面，揪成一个个面剂醒着，然后把芝麻、花生炒熟和糖、面、油搅拌好，放进擀好的面皮里做成圆圆的胚子，再放进大锅里煎得两面金黄，圆滚滚、黄澄澄、软糯糯、香喷喷、甜滋滋的月饼就做好了。二舅嘴馋，吃着，拿着，跑着，外婆追不上，气得直跺脚，二舅嬉皮笑脸把手里的月饼都塞进嘴里就无影无踪了。

外婆做满满一馍筐月饼，自己却舍不得吃。中秋节过去好多天了，还给我留着几块，揭开一层层浸着油的白纸，一幅幅山水画就在纸上荡漾开来，依然香喷喷的月饼，瞬间就俘虏了我的味蕾。母亲对我直瞪眼，我装作没看见。

后来我考上城里的高中，很少再去外婆家。因离家远就在学校吃饭，家里没钱让我在食堂入伙，我每周回家一次，带些干粮回来，母亲的油盐烙饼就成了我一周的伙食。没有菜，甚至连咸菜也没有。最后两天，烙饼发霉了也舍不得扔掉，用水冲去绿色的霉斑，开水冲泡了再吃。中秋节后的一天中午，放学的铃声刚刚响过，一同学告诉我外面有人找。我以为是母亲，担心我干粮吃完了来给我送吃的。等我跑到大门口，却发现风中一个矮小瘦弱的身影颤颤巍巍地向我走来，她身体前倾，仿佛随时都会向前扑倒，花白的头发迎风飘飞，那竟是我的外婆。我一把扶住外婆，外婆喘得很厉害，把怀中的包裹哆哆嗦嗦塞给我，说，孩子……月饼……月饼……，吃……吃……我接过沉甸甸的月饼，顿时泪如泉涌。外婆是搭乘邻居家的货车来城里的，把一直舍不得吃的月饼都给了我。我要带外婆回宿舍休息，她不肯，说还要搭车回去，车就在门外等着。外婆的身影佝偻着，如岁月压弯的麦穗。细碎的脚步摇摇晃晃，好似被禁锢在牢笼里，每一步都是一次痛苦的挣扎。渐行渐远的身影，如破旧不堪的瘦船，淹没在时光的汪洋里不见了。我的眼泪又来了。

不想，那竟是我和外婆的最后一次见面。

现在超市，各式各样的月饼琳琅满目，让人眼花缭乱，成百上千的月饼也有，我也有足够的资本购买。可是我的外婆没了，我再也见不到外婆了。那佝偻的身影，摇摇晃晃的步态，永远定格在我的记忆里。我再也吃不到外婆做的月饼了，那是再多的钱也买不到的。

又是一年中秋节。现在大舅退休后看孙子，儿孙绕膝，一家团圆。二舅在拆迁后的高楼里和舅妈一起安度晚年，小姨在柬埔寨首都和儿孙住在一起，一起品尝月饼幸福快乐。七月一号，我也升级做了外婆。我、女儿、外孙，三个不同的姓氏，却是最亲的一家，就如几十年前，外婆、母亲、我一样。

此刻，淅淅沥沥的秋雨，敲打着暮色，在苏州休产假的女儿发来视频，说中秋节回来看我，她买了最好吃的月饼。两个月的小外孙，一张粉嫩嫩的笑脸霸占了半个屏幕，可爱至极。

我的外婆走了，爱还在。外婆，月饼和我，圆圆的月饼，圆圆的爱！等哪一天，我也走了，小外孙也会想我吗？

时间流逝，爱永存！

天不明，玉秋的三轮车就突突突响起，敲开晨雾，消失在村庄尽头。一年四季，玉秋都是村庄起得最早的人。

玉秋是我弟媳的乳名，打她嫁到我家，大家一直叫她玉秋，大名从来没人叫。她风风火火的性格，既无玉的温婉，也无秋的沉静。但是，大家都喜欢她。

她在紧挨着我们村的孔庄矿开了一家冷面馆，叫新生冷面，叫惯了她的名字，大家都叫玉秋冷面。走，去玉秋那里喝冷面去！大伙都这样嚷嚷。

玉秋冷面，材料足，分量多，人又随和，十里八乡的都来喝冷面，生意红红火火。

玉秋来到店里，先生火，把炉火烧得旺旺的，水开后，把买好的猪腿骨放进去，有时也放羊骨头，加上葱姜等材料开始煮。这时不能盖锅盖，要大火煮，骨头在沸水里翻滚，咕噜咕噜唱着斗志昂扬的歌。一小时左右，水变成奶白色，晶莹剔透，十分诱人。腿骨上的肉用筷子一插能插透，香气四溢，肉也软烂可口！冷面用的汤就煮好了。

雾气消散，天已经大亮了。小店后面的一片荷塘也热闹起来，蛙鸣声声传来，碧绿的荷叶上，闪亮的露珠在风里跳起了舞。旁边的农贸市场也睡醒了，揉揉眼，伸伸腰，开始吆喝起来——

鲜鱼，鲜鱼，微山湖的大草鱼，大鲤鱼，快来买哦！

刚刚撸的洋槐花，香喷喷的，谁要？

玉秋冷面馆也在金色的晨曦中走进第一批顾客，一对卖鱼的父子。卖鱼的摊位就在冷面馆门口的马路边，一眼就能看到。父子俩和玉秋很熟，卖鱼用的水都是用玉秋店里的自来水。卖鱼的是个中年男子，精瘦精瘦的，一双眼睛时而透着忧伤，时而充满希冀。他儿子有些胖，八九岁光景，目光呆滞，有点傻。男孩的妈妈不堪忍受贫穷，更不敢面对傻傻的儿子，说是出外打工就再也没有回来。父子俩卖鱼为生，日子越来越好。父子俩进店坐好，并不说话。老规矩，两碗冷面，一根烤肠，两个鸡蛋。玉秋就忙活开了。

把泡好的冷面捞出，冷面是从县城批发的，据说地道的冷面只有沛县能批发到，别的地方没有那味道。原料是用精致小麦粉加上碱做成细面条，高温压制而成。吃的时候，用冷水浸泡两三个小时，然后抓一把放进沸水里烫几秒钟，时间不宜太长，也不宜太短，等冷面变软变筋道后，放进一只大碗里，上面放上事先炒好的肉酱，再放上榨菜、葱花，蒜苗，轻轻注入大骨头汤，注意保持整体形状，再撒上香菜，味精，鸡精等佐料。父子俩能吃辣，就多放点辣椒油，不吃就不放。白中带红，红中有绿的两碗冷面端上桌，香辣可口，香飘四溢。父亲把加了烤肠的那碗端给儿子，儿子把烤肠又夹给父亲，脑子不清醒，但爱是刻在骨头里的。玉秋不收烤肠钱，那是送孩子吃的。有时，父亲忙着，孩子独自吃饭，玉秋就多给他一个烤肠，孩子喜欢吃，当然也是送给他的。临走时，玉秋又给孩子一包热热的豆奶，孩子的笑容如绽开在春日里的花朵。

中午是玉秋最忙的时候，周围工厂干活的农民工纷纷前来。玉秋冷面，满满一大碗，只有六元，不够吃还可以免费再加。有时，来二两烧酒，没有下酒菜，就要一碟咸菜外加几个蒜瓣，喝得兴致勃勃，解乏！有些人忘记带钱，就先赊账，没有小黑板，全记在心里。玉秋是个大大咧咧的人，有时忘记是谁赊的账，赊账的人也忘了，也就不了了之。

玉秋忙不过来时，母亲就到店里帮忙，干些杂活，洗菜刷碗，收拾桌子，倒垃圾。寒冬腊月，水是冰冷的，母亲刷碗，手上全是开裂的口子，冷水一浸，疼如刀割，母亲转身偷偷抹眼泪，不让玉秋瞧见。有时玉秋下冷面不慎下多了，客人吃不了，就单放在另一个碗里，母亲舍不得倒掉，拿来吃。时间长了，母亲体重急剧上升，血压升高。

一次，母亲在店里刷碗，突然头晕站立不稳，送去医院，脑梗，住院二十多天，上万元的医疗费，得卖多少碗冷面啊！母亲怕花钱，硬是出院，结果落下后遗症，走路摇摇晃晃。从此母亲告别了健康，成了病人。但为了孩子，母亲无怨无悔。

母亲病了，父亲又顶了上去。八十多岁的老人，提起几十斤重的泔水桶非常吃力，父亲却不感到沉，和喝冷面的农民工聊天，不亦乐乎。

"老哥啊，你的身体真好啊！"一个黑瘦的农民工羡慕地看着忙里忙外的父亲说。

"老哥，陪我喝点！"

"老哥，知道我们沛县冷面怎么来的吗？"

大伙七嘴八舌，父亲笑嘻嘻地应着，手里并不闲着，收拾桌子、扫地。

"我一个大老粗怎么知道啊？天上掉下来的呗！"

"天上掉下个林妹妹，还能掉冷面？"

大伙哈哈大笑起来。

"天上不会掉馅饼，更不会掉冷面！冷面是我一碗碗做出来的。"玉秋边下冷面边笑着说。

这时一个戴眼镜的老者，放下筷子，慢吞吞地说："其实，冷面20世纪五六十年代就有了。那年冬天，有个东北人逃荒来到咱们沛县，背着一个口袋，到大屯镇秦岗一户人家讨水喝，主人看他是外乡人，一脸疲惫，衣服又脏又破，很是可怜，忙把他请到家里吃饭。东北人拒绝了主人的好意，从口袋里掏出面条一样的东西要了碗冷水准备泡着吃。主人问，为什么不用开水烫一烫再吃？东北人说，这个叫冷面，是用冷水泡软凉拌着吃的。主人说，这天寒地冻的，吃凉的会生病的，还是热汤热水吃好。就用温水把面泡软，再用开水烫一下，加上咸菜、小葱、辣椒，点上香油、醋，香气扑鼻。在那个饥饿的年代简直就是神仙吃的东西啊。东北人喝一口，忘了自己是在逃荒！主人也想不到味道这么好，酸爽可口，筋道有韧性。感念主人的善良，东北人把制作冷面的配方给了主人。从此啊，冷面就在咱沛县安了家。"

大家听得出了神，忘了喝冷面，原来如此啊！

"大家快吃，凉了不好吃了，热汤热水好吃！"父亲笑着招呼大家。

"后来，又经过商家不同的制作，味道也不尽相同，各具特色。冷面流传至今，已成为独一无二最具沛县特色的地方小吃了。"老者拿起筷子，夹起冷面边吃边慢吞吞补充说。

"是啊，玉秋冷面就和别人不同，特别香，连汤都是浓稠的奶白色。最有名的广电冷面、魏庙冷面又如何！"

"明天我拍个抖音，让玉秋冷面像淄博烧烤一样火起来，让沛县冷面也火起来！"

"为我们沛县冷面火起来干杯！"

大伙你一言我一语，说着、笑着、吃着，喝着，忘记了疲劳，忘记了生活里的疼。

中午过后，店里的人逐渐少起来。父亲终于可以歇歇吃口饭了！

多次劝说父亲，别太累，别像母亲那样险些把命搭上。可是，劝说无效，父亲依然如故，天天去冷面馆帮忙，虽然累，感觉自己还是个有用的人，也许就是一种幸福吧。玉秋不仅卖冷面，还兼营馄饨、水饺，都是她晚上亲手包的，纯手工制作。父亲牙口不好，不能吃硬东西，喜欢吃皮薄馅多的馄饨和水饺。可是，又心疼玉秋点灯熬夜很辛苦。所以，父亲就喝冷面，天天喝，说是喜欢喝冷面，筋道有嚼劲，可父亲牙不好啊。他曾偷偷告诉母亲，其实，他更喜欢喝馄饨和水饺。

父亲疼玉秋，如女儿一般待她，有好吃的给她留着，她也疼父亲，每次都在父亲的冷面碗里多加一个鸡蛋。一个鸡蛋，却是数不清的爱！

下午，等到店里再也没有顾客。玉秋开始准备明天的食材，主要是炒肉酱。其实，他们不知道，玉秋冷面之所以好喝，还有独门秘籍——肉酱。把一块肥瘦相间的五花肉洗净，焯完水之后切成小丁。锅中倒油，放入葱姜蒜炒香，之后再倒入肉丁和甜面酱，甜面酱多放点，还有郫县豆瓣酱一起炒，这个时候再下入一些火锅底料，味道就更棒。什么时候炒到汤汁粘稠的时候盛出来就好了。各家风味不同就在肉酱上。

有时父亲把玉秋做好的冷面带回家让我吃，看我吃得津津有味，父亲很开心。其实，冷面起源哪里并不重要，重要的是冷面所蕴含的情感！冷面不冷，它有一副热心肠，它传承了我们中华民族爱的美德。

都说一方水土养一方人，一个地方的小吃是一面镜子映照出一个地方的风情，也许你以前并不能理解，但自从你吃了那碗香喷喷的冷面后，你自然就体会到了真正的风土人情，那碗面热腾腾、简单、质朴、满满的家的味道。只有满怀热爱的人才能懂。

玉秋冷面，在玉秋和父亲的照料下，成为开在蓝天下的爱之花朵。

一切准备就绪，天也快黑了。玉秋的三轮车又突突响起来，村庄的田野，浮起轻纱似的白雾，像一个梦。一盏盏灯亮了起来，金色的灯光笼罩着整个村庄，温暖而明亮。

焖菜

　　吃午饭时，父亲端出一盘菜，白白的丝条，像一个个小小的玉蚕，悠闲自在地卧在盘子里，还有胖胖的黄豆点缀其中，用红红的辣椒面拌匀，红的，白的，黄的，像一盘色彩斑斓的油画，铺在桌面上。淋上香油，又香又脆又辣，用烙馍卷起来吃，非常爽口。母亲吃着说，这是你爸做的焖菜！吃一口老爸做的菜焖，呛鼻的辣味勾起我童年的回忆。

　　我的家乡，在微山湖畔，清亮亮的运河水浇灌着家乡的一草一木，也滋润了我的童年。夏天，到处都是荷花，白的、红的，随风摇曳，如仙女跳着舞步，娴静优雅，摘莲蓬是童年最惬意的事。到了冬天，雪花纷飞，微山湖畔，白茫茫一片，又有千里冰封、万里雪飘的壮观。堆雪人，打雪仗，溜冰是童年最快乐的事。疯了一上午，往往忘了吃饭，母亲喊了几次，才牵着母亲温暖的手回家。母亲端出白嫩嫩的一盘菜给我，淋上香油，吃一口，辣、香、脆，简直就是最美佳肴。这就是母亲做的焖菜了。

小时候非常喜欢吃母亲做的焖菜，那时候母亲还很年轻，一头乌黑的齐耳短发，腿脚灵便，身材也没有现在这么臃肿，做事麻利爽快，是腌制咸菜的好手，各式各样的咸菜吃不了，母亲就送给亲戚邻居吃。那时，生活都不怎么好，冬天蔬菜又少，即使是大白菜也吃不多久就没了。缺盐少油的日子，一个冬天吃不上几次炒菜，除了咸菜，焖菜就成了乡亲们饭桌上的常客。

一入冬，母亲就让父亲买来许多苤蓝疙瘩，学名球茎甘蓝，农村又称"苤蓝""辣疙瘩"等。母亲挑选新鲜、个大、光滑、圆球形的辣疙瘩，洗净，削去根须，先切薄片，再切成棉线粗细的丝，丝切的越细越好，否则辣味出不来，影响口味。母亲刀法很好，咚咚咚，动听的交响乐不断从刀下飞出，又细又长的丝，就整整齐齐码在案板上，如小院晾晒的麦秸等待母亲收拾。然后锅里添满水烧火，烧火当然是我的活，豆秸瓣里啪啦在锅腔内炸起来，橘红的火焰跳动着，映红我的脸。我最喜欢烧火，冬天烧火暖和，我双手抱着风箱的手柄，使劲拉着，小小的身子一前一后摇动，火着得越来越旺，呱嗒呱嗒，一声一声砸过来，砸出一身汗来。水烧沸后，母亲连忙掀开锅盖，放入辣疙瘩丝，汆至七成熟时，快速地用笊篱捞出来，放到事先用开水烫过的瓷盆内，撒入适量的盐，掺拌均匀，趁热用锅盖盖在瓷盆上，进行包汽焖制。大约一个小时，辣疙瘩丝自然冷却，焖菜就算做好了。然后加入煮熟后的黄豆、青豆或花生米之类，条件好的，可以撒一些熟芝麻，拌匀，有煎饼的话可以卷着吃，那舌尖上的美味，可以绕梁三日而不绝。

那时，母亲总是把做好的焖菜放在堂屋的桌子上，用一只黑色的陶瓷盆盛着。桌子比我高出一点，我常常趁母亲不注意，偷偷地踩着一个板凳，爬上去，掀开盖子，挑里面的黄豆吃，我家焖菜不用花生米，太贵了。黄豆是地里收的，不花钱。黄澄澄的豆子又糯又香，好吃极了！母亲发现我偷食，也不惩罚我，只是叹气。一盆焖菜，里面的豆子总是先吃完，剩下白白的辣疙瘩丝寂寞地躺在盆里，父亲和母亲就吃剩下的。

偷，毕竟不是什么光彩的事。有一次，我关上房门，站在板凳上，捏起黄豆正吃得津津有味，完全没注意父亲推门进来。吓得我一个趔趄从板凳上摔下来，慌乱中抓住一样东西，没想到抓的是陶瓷盆的边缘，"咣当"一声，我和陶瓷盆一起碎在地上，只不过我碎的是眼泪。我看到，焖菜白花花躺了一地，横七竖八，一片狼藉。我看到，跟前一块最大的陶瓷片上，几个闪亮的小滴珠，眼泪一样流了下来，那是陶瓷盆碎裂时疼痛的眼泪吗？我待在那里，不知所措。父亲连忙把我抱起来，我哭得满脸都是泪，为自己，为陶瓷盆，更为满地躺着的焖菜。从此，再也不敢偷食了！

现在，母亲脑梗不能做焖菜了，父亲做。父亲的双手，小指、无名指和中指蜷缩在手掌心，不能伸直，成了残废手。医生说是肌腱萎缩，让父亲做手术，父亲问多少钱，医生说两三千元。父亲怕花钱，不做，多年来父亲就用拇指和食指干活，种地，劈柴，烧火，做饭，吃饭。做出的每道菜，需竭尽全力才成。父亲用两个手指头夹菜，豆子自然夹不住，只能吃焖菜丝。我夹起一粒粒黄豆放进父亲嘴里，父亲牙不好，黄豆在嘴里来来回回蠕动好久，才咽下去。母亲吃菜，洒了好多，脑子已经不能控制双手了。

父亲给我包了一包焖菜，让我带回家吃。我放在饭桌上，儿子瞅了一眼，尝也不尝。他钟爱的是肯德基、汉堡包。我夹起一筷子，吃得有些沉重。运河水依然流淌，灌溉着家乡的土地，一草一木，岁岁枯荣。

运河边的小吃——焖菜，我还能吃几回呢？母亲做的焖菜吃不成了，那么父亲做的焖菜呢？无论如何，那种简单而又丰富的味道，如奔流不息的运河水，一直流淌在我的血液里。

　　退休后，回到家乡，如一粒尘埃漂泊半生，又重新落到起点。这里是生我养我的土地。清晨，走出院门，空气里依然凛冽着冷冷的寒意。刚刚下过一场小雪，柴草堆、沟渠、麦田，都覆盖着薄薄的一层雪，如母亲头上的白发，凌乱中夹杂着淡淡的乡愁。

　　我沿着门前的小路走向田野。麦田里，绿色的麦叶顶着几片雪花，安详在大地的怀中。远处几棵光秃秃的杨树上，好像有鸟儿鸣叫声传来，叽叽喳喳，给寂静的村庄增添了几分活力。我走着，脚下的土地拖着我日渐苍老的身躯，踏着几辈人的足迹慢慢地走着，我的爷爷奶奶，从这里走过，他们已经走完了这条路，走向不远处的河堤，永远长眠在一个角落里。我望着远处的河堤，那里有我的亲人，我却从没有给他们磕过一个头，没有烧过一串纸钱。出走半生，归来时已不是那个少年！可是，我的眼泪是热的，我的思念是热的，我从来没有忘记，我是这片土地的儿女，尽管我的头发已经发白，尽管我的脚步已经蹒跚。漂泊半生，我始终属于脚下的这片土地。

有泪水从腮旁划过，我的故土，我的家乡啊！只有你可以接纳我的无知，我的不孝，我的痛苦，我的蹉跎。你包容一切。眼泪滴入泥土，化为尘埃，我就成了一粒泥土，无论走到哪里，我始终是一粒泥土，回归自然，回到起点。

风，实在太冷，风里飘来温暖，那是母亲的呼唤：秋儿，回家——秋儿，回家——不管过了多少年，母亲的呼唤，一直是游子的身上衣，裹着浓浓的爱，厚厚的暖。小屋上空，白色的炊烟升起，多么熟悉的画面：母亲独立门前，一缕缕炊烟在她身后萦绕，母亲就那样站在家门口，心里装着期盼和希望，等我放学回家。村庄也正因为有了缕缕炊烟，才使宁静平淡的空间多了一抹色彩，一份动感，一份乡情。现在很难见到炊烟了，母亲说，公家不让烧火，说是污染空气。我觉得几千年的农耕文明，始终和炊烟连在一起，始终和家连在一起。炊烟是乡村屋顶朴实的风景，是诗人眼里的一首情诗，是画家笔下淡淡的线条，是游子梦里辗转的乡愁，有家的地方怎能缺少炊烟呢？

虽然我也给母亲买了现代化的灶具，液化气、电磁炉、电饭锅等，多年来母亲还是喜欢烧地锅，只是现在母亲脑梗不能做活，都是父亲烧火做饭了。院子的一角支着地锅，是用废旧的轮胎锅子做的，父亲正在烧火，红红的火苗烘烤着雪后的寒凉，把父亲紫红的脸映得更红了。锅里，是羊肉炒白菜。过年弟弟买的羊肉，父亲煮好后专门给我留着的，浓浓的香味扑鼻而来。

已经烧熟了，我要盛菜，父亲不让，让我坐在饭桌前等着，他也不让母亲盛。父亲盛了满满一碗羊肉，放在我和娘的跟前，白菜是嫩嫩的白，羊肉是浓浓的香，碗里还飘着一层红红的辣椒油，煞是诱人。然而，父亲却给自己盛了一碗汤，里面什么没有，只是一碗清汤，上面飘着几滴辣椒油。我非常生气，夺过碗，把我们碗里的肉拨到他碗里。父亲坚决不肯，说，我喜欢喝汤，肉咬不动。又把肉拨了回来。我心里难过极了，其实，肉煮得很烂，母亲说，父亲煮了整整一下午。我从前买的狗肉都能嚼动，何况软烂的羊肉？我知道，父亲只是想让我多吃羊肉罢了。我想起那篇母亲喜欢吃鱼头的经典散文，从前母亲也说过这样的话，喜欢吃鱼头，只是在我做了母亲后，我也喜欢吃鱼头，才深深懂得母爱的伟大！一旦做了父亲和母亲，都会把最好的东西留给孩子，哪怕我已经年过半百，在他们眼里我始终是个孩子。儿女对父母的爱永远超不过父母对子女的爱！永远！

父亲把馒头掰碎，一点一点泡进汤里，再夹起来放进嘴里，他动作缓慢，手有点抖，有时夹不住，再重新夹。他慢慢蠕动牙齿，深深陷下去的两腮一鼓一鼓的。然后他端起碗，瘦瘦的脖子前倾，一口一口喝羊肉汤，说是羊肉汤，其实里面没有一块肉，父亲喝得吸溜吸溜直响，仿佛那是人间最美的羊肉汤。喝完最后一口，很满足地放下碗筷。我却拿不动那双筷子，仿佛千斤重。我若不吃的话，父亲一定很难过，我夹了几块肉，母亲也只吃了几块，剩下的羊肉父亲放进冰箱里，我知道，父亲是留给孙子放学再吃。父亲啊，操劳一生，本该好好享受晚年的幸福生活，却还是初心不改，永远把自己放在最后一位，就像朴实的黄土地，敞开宽阔的胸怀，把温暖和爱给予别人，把寒冷和疼痛留给自己！

积雪未融，阴寒未尽。倒春寒让这片土地，依然笼罩着冷冷的阴霾。一碗羊肉汤，盛着满满的爱，驱邪避寒，让草木萌动，万物复苏，生命再次起航，大地生机勃勃。

第四辑

采风拾珍

当你老了

多少人爱你青春欢畅的时辰

爱慕你的美丽，假意和真心

只有一个人爱你朝圣者的灵魂

爱你衰老了的脸上痛苦的皱纹

——叶芝

这首《当你老了》的诗歌，曾打动过多少苍老孤独的灵魂。但这样浪漫而伟大的爱情可遇不可求。我们毕竟是平凡人，当我们老了，应该怎么过？据国家统计局统计，我国老龄化问题日益严重，近五分之一的人口是老人。如果安顿不好老人，不能让他们有一个幸福快乐的晚年生活，就会出现严重的社会问题。受儒家文化的影响，我国自古就有尊老敬老的传统美德。

《礼记》记载："养衰老，授几杖，行糜粥饮食。"对年事已高的老人，官府给予拐杖、座椅和易消化食品。到了汉代，对待老人更是好到极致。可以说，汉代是历史上对待老人做得最好的朝代，颁布"养老令"，老人可"杖入官邸"，地位可与一县之长相提并论。如果官不尊老，辱骂老人，天子可下令判处死刑，这是哪个朝代都未曾发生的事。以后的各朝各代受汉朝的影响，"老有所养"一直是国家的责任所在。在家庭养老的基础上，政府积极参与完善养老制度，形成爱老敬老的良好氛围。

现在许多老年人离退休后，子女不在身边，孤独寂寞，有的独守空巢，成了空巢老人。他们希望走出家门，活动起来，快乐起来，希望有一个为老年人提供学习知识、增进健康、发挥余热、服务社会、提升文化素养一个场所，丰富老年生活。通过学习，增长知识，陶冶情操，乐观向上，把快乐带回家。

为了解决老年人的这些问题，各大城市和乡村大规模、高质量兴办老年大学，这是党和国家对老年人关注的重要举措。政府不仅给予老人物质上的馈赠，人人都有养老金，在"老有所养"的同时，更追求"老有所学、老有所乐"的精神生活品质，给予老人灵魂的洗礼，精神的滋养，让老人优雅幸福地生活。

我的家乡沛县老年大学更是走在全国的前列，投资一个多亿，开展5G智慧校园建设，实现了教务管理智慧化、教育教学智慧化、校园管理智慧化、适老助老智慧化、宣传工作智慧化。一个先进、科学、智能的沛县老年大学成为沛县教育界的丰碑！歌风校区张兴涛校长说得好，老年大学办学的宗旨是"为国家分忧，替儿女尽孝"。

那日，初冬的暖阳照在身上，带走了些许凉意。创作团的朱县长和宋老师带着我们走进老年大学。踏进大门的那一刻，就立马惊艳了我的双眼。现在的老年大学真的是今非昔比，如一个朴素的中年妇女经过精心打扮瞬间变成了一个中年少女，她时尚、聪明、智慧，又充满青春的活力。

其实，我是老年大学 2017 级学员。五年前和同事一起走进老年大学，那时还是在大院原址，一个几层楼的灰色旧房子。我跟刘老师学舞蹈，后来又跟李念来老师学跳舞。

那时的教室非常简陋，舞蹈房是一楼的三间普通教室，里面除了一面镜子，一台立式空调外，什么设施都没有。不过，环境很幽静，一株株绿色的植物，大概是爬山虎吧，爬满窗户，课间休息，触摸一帘绿色，仿佛拂去一身的疲劳，心情亦愈加愉悦。

每天，刘老师都拿着点名册点名，叫到谁谁喊到，有的同学人未到声音先到教室，不见其人先闻其声，往往引得同学们哈哈大笑。跳舞的家什是刘老师从办公室搬来的一个旧音响，咚咚锵，咚咚锵，有时还闹罢工，刘老师只好自己喊着节拍教我们跳舞。

六十多岁的刘老师微胖的身材，整日笑眯眯的，大姐姐一样亲切。当时场地紧张，几个班级上课却只有两间教室。为了排练节目，她带领我们和其他班级争场地，如一枚女将，冲锋陷阵，最后还是我们赢了。刘老师和我们笑得灿烂，跳得妖娆！为了迎接元旦文艺汇演，我们一遍遍练习基本功，星期天也顾不上休息，在舞蹈房练功。饿了，大家各自从包里拿出吃的一起分享，说说笑笑，你吃我的，我吃你的，如一个大家庭温馨快乐！后来刘老师带领我们参加胡楼桃花节文艺演出，一路欢歌一路笑，桃花红，一身盛装的我们比桃花更红！

第二年，李念来老师和他夫人魏老师一起教我们学跳舞，两个人互为搭档，珠联璧合，成为舞坛佳话。那时的舞蹈房，就是一层一间临时搭建的简易房，水泥地板，跳起舞来，尘土和我们一起翩翩起舞，老师不得不让我们洒上水，以免灰尘飞扬跋扈。

冬天，因为房间太大又不保暖，外面北风呼啸，教室内的我们，冻得直打冷战，一节课跳下来也没有一点热气。虽然条件很差，我们学得很认真，李老师一对一辅导，要求我们每个动作都做到位，尽可能优雅迷人。班长李忠学得最好，他带动大家勤学苦练，临下课还要布置值日，非常辛苦。那两年是人生中最快乐的日子，原来生活可以这样过啊！

再次走进老年大学，已是五年后的今天了！老年大学歌风校区新址位于旧址西侧，是以四层主楼为中心的建筑群。橘红色的墙体，外表看起来普普通通，进入内部，乳白色的地板砖洁净明丽，阳光照进来，到处闪着金色的光芒，白墙，白地，白顶，好似进入一个清丽、高雅、纯洁的童话世界。到了这里，老人也变年轻了。

走到哪里都是高科技，让人目不暇接。进入教学综合楼，一楼的电子大屏幕上，一群漂亮的姐妹正在走模特步，年纪最小的也有五十多岁，最大的已是白发苍苍。她们身穿旗袍，脚踩高跟鞋，举着油纸伞，发髻高挽，腰肢轻摇，在抿嘴敛眉，一颦一笑的无限风韵里款款走来，宛如朵朵古典的花开放在时光里，不随光阴的打磨而凋谢；又如风摆杨柳，婷婷袅袅，风韵十足。她们是一首诗，一幅画，透着中国古典之美，优雅至极。

身材不好，不会化妆，这些都不是缺点，不是阻止女人变美的理由。女性的美，来源于自信，来源于优雅，以及不断充实自己的过程。最美不过夕阳红，夕阳西下，落日的余晖染红天边的晚霞，这些女人就如晚霞一样，唯美浪漫，绚烂多姿，美丽优雅。贺磊会长自豪地向我们介绍说，她们经常出去演出，拿过很多大奖，最大的七十多岁了。不禁想起婆家大姐，才刚刚七十岁，孩子都不在身边，前几天生病住院，我前去探望。大姐躺在床上，满脸皱纹，十分苍老，生活已不能自理，说话也不清楚。一遍又一遍重复一句话：了不得了，了不得了。使人想起眼睛间或一轮的祥林嫂。大姐和眼前的这群女子相比，简直是两个世界。其实，世间还有多少女子，如大姐一样，时间的年轮，锈蚀了她们的骨骼，再也不能灵巧转动。各种病魔乘虚而入，岁月压驼了背，走路蹒跚。眼花耳背，不能灵巧地穿针引线。如大姐这样的女人，如果早早走进老年大学，又会如何呢？也许和这些模特女子一样妖娆多姿吧！当你老了，年逾古稀你还想有一个婀娜的身姿，迷人的气质，就到老年大学来吧，我们女人可以不漂亮，但不能不优雅。

另一间教室，是舞蹈房。前门边智慧班牌，能时时显示班级课程信息，班级人数，自动完成刷脸、测温、签到，自动记录考勤情况，再也不需要老师拿着点名册一个个点名签到了。教室内巨大的镜子让房间格外明亮，各种音响设备一应俱全，更为神奇的是，教室的多功能摄像头非常人性化，能感应到老人的危险处境，若发现趔趄摔倒立即报警，实施救援。舞蹈老师不再是胖胖的刘老师，也没有我认识的姐妹，我还是感到很亲切，仿佛回到家一样。舞曲响起来，姐姐们化着淡妆翩翩起舞，婀娜多姿。如一池荷莲，亭亭净植；如声声燕啼，柔美婉转。一扬手，就是整个春天；一低眉，亦是风情万种。舞出生活的多姿多彩，舞出生命的千姿百态。她们尽情地旋转，为了明天遇见最美的自己。虽然她们已不再年轻，众多白发漂白了岁月，但她们跳出了女人的柔媚，跳出了女人的欢乐！谁说夕阳凄美，那橘红的色彩才是最美的色彩，和谐安详，让人忘记世事喧嚣，回归自然！真的羡慕她们，优美的环境，先进的设备，还有一流的老师，想不优雅都难！当你老了，就到老年大学来吧，这里有优美的环境，有最美的姐妹，给你的生活增添温暖和情趣，做一个有趣健康的女子。

李念来老师的现代舞教室也在一楼，走进教室顿时眼前一亮，崭新的橘黄色地板，油光发亮，再也不用担心跳舞时尘土飞扬了。整面墙都是明晃晃的镜子，学员的舞姿在镜子里一览无余，随时纠正不标准的动作。巨大的窗子是用一块块厚厚的三层玻璃组成，既隔音又保暖。中央空调一年四季如春天般温暖。李念来和魏忠爱两位老师依然教授现代舞，几十年了，两位老师把青春以及一生都献给了舞蹈事业，为沛县现代舞的普及和发展献出了一切。两位老师，在舞台上演绎《一帘幽梦》情深深，雨蒙蒙。在台下更是，你侬我爱，伉俪情深。李老师挺拔的身姿，优雅的舞蹈动作，哪里像年逾花甲的人，如年轻人一样充满活力，李老师教学非常严谨，每个动作都示范好多遍，一遍遍纠正学员的不标准动作。他性格温和，不急不躁，整日笑眯眯的，很有亲和力。魏老师教学时和李老师配合默契，比翼双飞，一头短发既有北方女子的干练，优美的舞姿又有南方女人的妩媚。两个人的身影在缓缓的舞曲中移动，时而交织在一起，缠绵悱恻；时而疾风样骤然分开，深情思念。柔软的手指在空中划过优美的弧度，漂亮潇洒。身体如美丽的蝴蝶飞舞，又如婀娜的柳枝扭动，仿佛整个世界都消失了，只有两个人的舞蹈，两个人的深情，两个人的难舍难分。一曲终了，教室里鸦雀无声，大家看傻了，惊呆了，忘了鼓掌，忘了时间。片刻，掌声响起来，大家阵阵喝彩。老年大学这样的认真负责的好老师比比皆是，太极班张珊珊老师教授的太极拳行云流水般出神入化，文学班的黄清华老师每堂课都是精品，音乐班的孟宪同、刘永清老师更是精益求精。

舞蹈班学员中年龄最大的要数朱迅翎局长了，退休后除了写作、摄影，就是跳舞健身。舞步虽不优雅，学得很是认真。他和夫人刘福云老师都是老年大学的骨干，把日子过成自己喜欢的样子就是快乐，就是幸福。

三楼的音乐教室，有古筝、钢琴、电子琴等。走进教室，一排排古筝静卧着，古朴典雅，散发着淡淡的香气，如娴静典雅的女子，守着一片执着，静待友人到来。我用手轻轻拨动琴弦，一个个音符如涓涓溪水在指尖流动着……对于乐器，我最喜欢古筝，喜欢它的庄重典雅，也许和性格有关吧。看到古筝，眼前仿佛闪现这样一幅画面：如水的月光下，清风微拂，一古装女子，踏月而来，莲步轻移，裙裾飘飘。轻抒罗袖，纤纤玉指，颤、按、滑、揉，顿时，曲韵悠扬。筝声紧，若急雨敲阶；筝声缓，则如细雨抚桐；飘逸时，则如敦煌飞天翩然起舞。我已经退休，也是老了，有机会一定来这里，多美啊，做一个典雅娴静的女子，用有趣的灵魂，弹奏人世间的霓裳羽衣曲。

走进电子琴教室，一台台电子琴列阵而排，黑白琴键上，一个个现代元素在空间跳跃。一年逾花甲的姐姐正在弹奏李叔同的《送别》，长亭外，古道边，芳草碧连天……姐姐的手指虽然并不纤细柔嫩，甚至有点粗糙，在琴键上滑动依然娴熟灵动。沉沉的相思，淡淡的哀愁，在姐姐指尖缓缓流出，不得不感动长亭古道李叔同"悲欣交集"的慨叹。姐姐有点胖，但骨子里的优雅是岁月无法抹掉的。

当你老了，就到老年大学来吧。在这里，舞蹈房舞出优美的舞曲，音乐室唱出悠扬的歌曲，国画教室绘出祖国的大好山河，书法教室的书法"飘若浮云，矫如惊龙"……这里是艺术的殿堂，是老年人温馨的家。没有孩子的陪伴，他们依然健康地活着，依然温暖在人间，依然优雅在尘世。

杜拉斯说：你年轻的时候很美丽，不过跟那时相比，我更喜欢现在你历经了沧桑的容颜。如果皱纹之下，是饱满的智慧和优雅的心性，那么衰老和沧桑，又何尝不是命运对女人的加冕，又何尝不是岁月沉淀后的美丽？时间可以限制我们的年龄，但不能限制我们的灵魂，保持积极乐观的心态，坦然面对一切。

　　当你老了，就这样吧！

那日，走进栖山高祖酒厂，明媚的阳光抚摸着宽敞的厂房，一块高大的灵璧石闪着温润的光，寒风里飘来的浓浓酒香，穿过骨头，浸润着我的五脏六腑，让我闻到父亲的味道。

父亲一生嗜酒。年轻时，就着几根萝卜干，半盘咸豆子，就能喝得面红耳赤，摇摇晃晃。真不懂，酒有什么好，让父亲如痴如醉。以前的冬天更像冬天，干冷干冷，父亲收工回来，嘴里不时呵出白气，第一句就是："他娘，酒呢？喝两口暖和暖和。"母亲便拿出一瓶白酒，高祖酒的商标闪着金色，把酒倒进一个又细又长的酒壶里，酒壶是青花瓷，洁白，温润，细滑。再把酒壶放进开水里温热，几根萝卜干就是下酒菜。父亲端起酒杯，轻轻闭上眼，身子微微后仰，把温热、清澈、透亮的液体抿入口中，发出"吱"的一声，然后放下酒杯，陶醉在酒香里。我想，那一定是人间最美的佳酿，如同仙人在烟霞飘散处啜饮仙露琼浆。我羡慕至极，父亲喝酒的姿态一直定格在脑海里，盼着有一天也能如此享用美酒。其实，现在才懂得，那只不过是父亲以一种辛辣抵御生活的另一种辛辣罢了。

如今父亲八十三岁，仍要每天喝上几盅，身体很结实。我在这种酒香里长大，所以，对于高祖酒有种莫名的亲切感。纯粮酿造的高祖酒，父亲一生所爱。那份酒品与大地、与乡土紧紧熨贴的情怀，哪怕透着时间的骨缝，也能让人感觉出来……

高祖酒厂的负责人给予我们热情的接待。厂长梁敬策朴素的穿着，透着栖山农民的淳朴和善良，不善言辞的他总是温婉低调地微笑着。总经理梁辉戴着一副眼镜，成熟稳重，温文尔雅，滔滔不绝地向我们介绍高祖酒厂的前世今生。

走进酿酒车间，浓浓的酒香扑鼻而来，车间里堆满了东北的优质红高粱，作为酿酒的原料，静静地等待着一次涅槃。车间内雾气腾腾，仙气飘飘。天子呼来不上船，自称臣是酒中仙。漫步车间，我们也成酒中仙了。车间和酒窖相连，窖池是百年老窖，成方阵排列，覆盖得严严实实，梁总说蒸出的粮食在这里发酵一段时间才可以蒸馏，出酒，任何好的东西，都需要时间的沉淀。经过蒸馏的高度原酒，辛辣，不醇和，储存一段时间使其自然老熟，才能绵软香醇。

酒厂的一侧，一排几千吨的不锈钢贮酒罐，像穿着铠甲的勇士，阳光下银光闪闪，威武勇猛。这罐子里得装多少酒啊！如果给老父亲装上几桶，一定高兴得睡不着觉。我偷偷地笑了。梁总最后引我们穿过一道道门槛，走下一个个台阶，进入一个神秘的地下酒窖。七百坛老酒，红绸封顶，列队整齐，昏暗的光线下，愈发古朴幽静。红绸被尘土覆盖，斑驳陆离，陶瓷缸上的标签也模糊不清。时间在这里仿佛停止了流动，一坛坛美酒，吸天地之灵气，藏人间之精华，在沉默中孕育出人间佳酿。摒弃一堆糟粕，成就一汪甘洌。栖山人用朴实的高粱和清水，酿制出燃烧的液体，水的外表，火的内涵。就如梁家汉子，沉静而炽热！

来到一间办公室喝茶休息。年轻帅气的副总经理梁晓东，谦卑地弯着腰不时为我们添茶续水，没有一点富家子弟的纨绔之气。泰戈尔说，当我们大为谦卑的时候，也就是我们接近伟大的时候。所谓酒品就是人品，人品也是酒品，高祖酒之所以能在众多品牌中脱颖而出，和谦卑、务实、能干、诚实、善良的梁家军分不开。但我也有疑惑，酿酒是一项传统工艺，如果单凭传统的酿酒方法，怎能酿出这么多瓶瓶罐罐的美酒呢？所谓科技兴国，科技兴厂是不是也是重要原因呢？

一颗芯片会带来技术的革新，一粒高粱会带来什么？

关于科技，科幻文学家威廉·吉布森有一段精彩描述：极少有人能准确描述它的力量，然而它却渗透了生活，仿佛无形的气泡咕嘟翻腾，无处不在。

对酒我还略知一二，对酒科技却是门外汉。梁晓东，梁家军的第三代传承人，一个毕业于徐州师范大学的高才生，给我斟上满满一杯茶，聊起了这个话题。轻轻抿上一口茶，好似茶香里也渗透着酒香，浓烈香醇的味道慢慢散开，久久不去。晓东朴实、英俊、挺拔，如一株红高粱燃烧着对客人的热情，对人生对事业的执着。提起爷爷梁训忠——高祖酒开拓者之一，晓东眉宇间夹杂着淡淡的忧伤，梁先生刚刚离开不久，对爷爷的崇敬和思念让年轻的小伙子既亲切又严肃。父亲梁敬策默默坐在一旁，慈眉善目的他总是这么谦卑低调。其实，越是没本事的人，越加自命不凡。成熟的麦穗，头垂得越低；脑袋空空的人，头昂得越高。谦卑，是梁家军留给我的最深刻印象。

晓东再次给我斟满茶，聊起爷爷，聊起高祖酒和科技结缘的点点滴滴。

从前，栖山酒厂只不过是一个小作坊，规模很小，工人也很少，由于缺乏科学的管理，再加上经验不足，酒厂生产经营并不好。作为酒厂技术员，爷爷寝食难安，焦急万分。他以厂为家，不分白天黑夜地为酒厂排忧解难，乡亲们看在眼里疼在心里，一致推选有担当、有魄力、聪明能干的爷爷担任厂长一职，爷爷临危受命，用他瘦弱而坚强的臂膀，扛起栖山酒厂的希望。作为厂长，爷爷吃不下饭，睡不着觉，为酒厂的前途担忧，为全厂父老乡亲的生计操心。他一边夜以继日地学习传统酿酒技术和工艺流程，一边苦苦寻找挽救酒厂的科学"药方"。

那时，贫穷吞噬着一切，爷爷独自一人，背起干粮，风餐露宿，到外地酒厂学艺。爷爷舍不得花钱吃饭，却舍得花钱买酒。一杯又一杯，一瓶又一瓶，品尝酒的特点，琢磨酒的配方。白天，既是劳动者又是学生，参观酿酒车间，学习他们的科学方法，偷偷记在心里。晚上，爷爷就着昏暗的灯光，把白天学到的东西记下来，整理成一本本厚厚的学习笔记，寻找自己的不足，往往辗转反则，夜不能寐。功夫不负有心人，数月的辛苦，爷爷终于摸索出一套传统酿造工艺和现代科学相结合的酿造方法。在白酒种类上推陈出新，将酒业、科技和文化相结合，生产机械化，销售信息化。不但让酒厂起死回生，还让高祖酒享誉千年，香飘万里！

晓东言语间是对爷爷的思念和敬佩，说到动情处，不禁眼角湿润。这些事年代已久，晓东也许是听爷爷讲的故事，也许是父亲的谆谆教诲。不管怎样，这是一个家族的传承，善良，节俭，勤劳，坚贞。

晓东呷一口茶，继续说道：就这样风风雨雨走过二十年，后来，改革开放，爷爷正式接管栖山酒厂，担任栖山酒业有限股份公司董事长。爷爷早就意识到，一个企业，质量是生命，科技是发展的助推器。白酒产业的发展方向是"优质""高效""绿色"的新型工业化，这些发展都需要科技赋能。酒，关系民生，与人民生活息息相关。不能一味做大规模，生活好了，喝酒的人嘴更叼了，要养生，要健康，提质方是立身之本。酒，要高效，就要走从机械化到自动化，从信息化到智能化的发展道路。绿色，不单单是环境的保护，还是指整个产业链的绿色生态。高祖酒，让栖山的父老乡亲有酒喝，有钱花，更要有优美的生活环境。酒厂有山有水，春天鸟语花香，夏天绿树成荫，秋天硕果累累，冬天雪花飘舞。酒厂外，亦是四季风景如画。这是爷爷，也是父亲坚守的原则，企业的发展不能以牺牲环境为代价，这是一个企业家的良知！爷爷常常告诫我们，高祖酒不仅给父老乡亲送来酒香，还要送去花香。"稻花香说丰年，听取蛙声一片。"至于智能化、绿色产业链还是我们的一个中国梦。说到这，晓东笑了，我也笑了。只要有梦，就有期待！

为了高祖酒的优质、高效、绿色，从选料到制曲、发酵、蒸馏、勾兑、销售，每一道工序，都遵循这个原则。从东北拉来的高粱，严把质量关，一干二净三饱满四无污染，选择没施过化肥，没在沥青路上晾晒的有机高粱。1990 年以来，酒厂投资千万元进行分析设备，水污处理设备，酿造设备的更新换代。酿酒技艺的机械化，大大提高了酒质，大大提高了生产效率，也大大美化了环境。在全国各地举办的白酒展销会上，高祖酒多次夺冠。1992 年，高祖酒厂和南京林业大学等高校联合，研究开发了高祖熊胆酒，在国内是第一家。喝了不上头的高祖粮食酒，走入全国各地，更成为沛县父老乡亲桌上的常客！晓东娓娓道来，如数家珍，自豪之情溢于言表。

是啊，高祖酒，一直是父亲的最爱，也成为我人生的良师。那年，为了逃避生活的疼痛，我回娘家。父亲不言语，吃饭的时候，从床头柜里拿出一瓶高祖酒。一打开瓶盖，我就闻到淡淡的酒香。父亲抿上几口，要我尝尝，他总是把他认为最好的东西留给我。我学父亲的样子，闭上眼，喝了一小口，第一次喝酒，一股清凉的液体悠然滑过舌尖，在唇齿间荡漾开来，先苦，后甜。然后，润润地漫过喉咙，缓缓地浮动在腹间，悄悄地潜入到血液里，轻轻柔柔就成了自己身体的一部分。父亲仍然不说话，盯着酒杯中的液体。我猛然顿悟，生活亦如此，苦尽才能甘来，何必在乎一时的伤痛，把酒言欢，借酒消愁，到最后都成为生活的一部分。一股豪情油然而生，饮一杯高祖酒，酒中有我，我中有酒，酒中有爱，酒中有生活！

晓东见我走神，笑了一下，继续说，后来爷爷年纪大了，退居二线，父亲接任董事长，小爷爷梁辉担任总经理，我任副总经理，领导班子年轻化，也知识化。说到这里，晓东瞥了一眼身旁的父亲，梁先生只是微微一笑，依然静静地听我们谈话。父亲和爷爷一样，继续传承优质、高效、绿色的白酒新型工业化发展方向。对于酒的认知我们常常走进一个误区，认为白酒仅仅依靠的是传统工艺，不需要科技支撑。其实，酿酒既是科学又是艺术，白酒的主要生产过程是发酵，是多菌种的微生物发酵技术，是最为复杂，最具科技内涵的。这方面，梁总作为酿酒师最有发言权。我们酒厂有自己的实验室，梁总经过无数次的实验，将制曲、酿酒尽可能数据化，对储存老酒进行风味、香味剖析，建立指纹图谱，并在此基础上优化组合，勾兑出不同层次，更加绵柔甘醇的美酒。当年，爷爷还派小爷爷梁辉出外深造，学习科学的勾兑调酒技术，使之成为优秀的调酒师，成为酒厂的灵魂。爷爷真的是深谋远虑，目光远大啊！晓东眼里满满的赞叹和敬佩。

俗话说，酒香不怕巷子深，其实，酒香还真怕巷子深。开始，酒的包装不上档次，大多来源于价格低劣的小厂。酒的销售也很传统，网络平台没有充分利用。父亲聘请全国著名的白酒营销专家郑新涛加盟我们的营销团队，引进了新的营销理念。请进来，还要走出去。我和一些年轻人到南京、上海等知名大学学习，和最前沿的科技知识接轨。用手机，笔记本电脑，这些现代化装备，进行网络销售，覆盖全国各地，高祖酒销路越来越好。

晓东腼腆地笑了笑，继续说，为了节约成本，与中国食品发酵工业研究院高级工程师李红博士的团队，联合开发白酒发酵后副产品的综合利用，酒糟可以多次利用，变废为宝。既节约了资源，保护了环境，又提高了企业经济效益。在一次展销会上，中国白酒专家沈怡方高度评价并题词："传承创新传统酿酒工艺，开辟高祖酒一片新天地。"晓东骄傲地挥着手，好像他的手下就是高祖酒，就是万马奔腾，就是一片新天地！

听君一席言，胜读十年书。我把晓东的故事都记在心里。

科技赋能，提高酒质，高祖酒怎能不越来越好？勤劳、善良、淳朴的梁家军酿造的粮食酒，又怎能不让老百姓喝着放心开心？回到家，我把几瓶高祖酒递给父亲，父亲把酒抱在怀里，如抱着他心爱的孙子，一个劲地笑。吃饭时把两个弟弟叫来，一起品尝。一杯又一杯，父子三个开怀畅饮。弟弟担心父亲身体，不让他多喝，父亲不听，连说："这是好酒，好酒！好酒喝不醉！"然后，举起酒杯，一饮而尽，砸吧砸吧嘴，笑了。最快乐的，就是酒下肚的那一瞬，通透，升华，仿佛所有的岁月都糅在这一杯酒里了。眼看一坛酒见了底，父亲不喝了，用手捂住酒坛子，也不让弟弟喝，说是给三叔留着。父亲兄弟五个，如今只剩下父亲和三叔了，父亲的眼里有了雾气。杯子里还有一点酒，清亮的液体，缠绕着亲情。其实，酒，绵柔如亲情，醇厚如友情，炽烈如爱情。复杂的口感里，每一丝变化，都是人生的一种表达。

醉卧桌头君莫笑，几人能解酒深味。

我不是丹青妙手，画不出高祖酒的精妙；我不是行吟诗人，写不下高祖酒的绵柔；我不是天涯豪客，品不出高祖酒的旷达。我只是过客，手握一杯闻名已久的好酒，期待着，岁月空出杯子。

干杯！喝酒，还是高祖酒！

我有故事，你有酒吗？

你是一树一树的花开

那是 2016 年的一个冬天，天特别冷，大雪纷纷扬扬，连同生活一起寒风凛凛。逃离，只为心的飞翔。

来到徐州，我邂逅了大学同学邵琳。毕业后各奔东西，邵琳却在繁忙的日子里收获文学的硕果，出版了两本书，让我十分震惊。相同的爱好，一致的追求，在邵琳的引荐下，我走进徐州作协群。

2017 年一个偶然机会，在徐州作协群结识了沛县文学创作团《歌风台》杂志主编宋老师。从此在宋老师的引导下，我走进文学的殿堂，走进一个更加广阔的文学天地，走进了一个温暖的大家庭。在这之前，我只是在网易博客上写东西，把冰冷的眼泪化作温情的文字，如朵朵小花开在属于自己的荒野，在文字里自我安慰，寻找一丝丝快乐。夜凉，用文字取暖。是宋老师让我走出自我的小天地，在沛县《歌风台》这片文学的沃土，生根、发芽，开花、结果。

宋老师是中国作协会员，在国家级报刊发表小说散文多篇，还出版了几本小说、散文集，是小城名人。他的小说情节生动，揭露社会现实，人物刻画栩栩如生，沛县方言朴实生动，地方色彩浓郁芬芳，读起来爱不释手。宋老师多才多艺，写作绘画如同他的身高，很少有人超越。最让我敬佩的是宋老师的为人，他平易近人，没有一点名人的傲气，却有文人的铮铮傲骨！他侠义心肠，文字如火，诠释人间大爱；他疾恶如仇，文字如刀，痛刺世间丑恶！对我们写作新人，宋老师循循善诱，百忙之中，抽时间阅读习作，指出不足，令人感动！

我曾把写的小说《桃花劫》发给宋老师，一万多字，宋老师逐字逐句阅读，帮我修改到五千多字，并推荐到徐州《大风歌》，虽然没曾发表，但宋老师的热心肠让我感受到文字以外的温暖。后来我把我写的散文寄到宋老师邮箱，开始，文字稚嫩、浅薄，如刚刚学会走路的婴儿，摇摇晃晃地来到人间，带着一丝羞涩、一点懵懂走进《歌风台》。她以母亲般的胸怀接纳了我，散文《槐花》在《歌风台》发表，文字变成铅字的欣喜，如十月怀胎孕育的孩子呱呱坠地，我捧着它，宝贝一样爱不释手。从此，一篇又一篇文字在《歌风台》杂志上小荷露出尖尖角。我和《歌风台》一起成长，然后，莲叶何田田，丰满了半生时光。《歌风台》如黑夜里的一缕曙光，照亮了我的生活，让我在这个薄凉的世界里，深情地活着。从此我和《歌风台》结下了不解之缘。

2018年一个夏天，宋老师打电话给我，让我参加沛县作家团成立十周年庆祝大会。接到通知，我既忐忑又兴奋，我，一个刚刚走进文学大门的写作者，能和沛县文学界的大咖一起开会真的是激动万分。那天，天气十分炎热，动一动就满身大汗。我骑车早早来到老县委院内，在会议室门前第一次见到宋老师，高高大大的身材，真需仰视才见了。宋老师笑容可掬，和蔼可亲，满脸是汗，热情地招待每一位来宾。我匆匆签名进场，忘了领作家团赠送的《歌风台》杂志和几本书籍，宋老师发现后，让工作人员赶紧给我送来，还连声道歉："对不起，对不起！"小小细节，让我倍感温暖。我刚刚进团，名不见经传，何德何能让宋老师如此谦逊，宋老师能一视同仁，并不因此而怠慢，已经让我十分感激了！我认为，一个人最重要的是人品，其次是才华。这次庆祝大会，更让我近距离、全方位了解《歌风台》，并苦苦厮守六七个春秋。

其实，第一次看到《歌风台》，就深深爱上了她，她如一个款款动人的女子，美丽、端庄。淡雅的封面，厚重的纸张，精美的印刷，特别是内容，集绘画、书法，小说、散文、诗歌于一体，为沛县作者提供了一个施展才华的平台，每一篇文章都是精品，可以和国家级杂志相媲美。我每期拿到手，就读给我的学生们听。学生你争我抢，争相阅读，潜移默化中，孩子们的写作水平得到提高，审美品位得到提升，作为沛县人的自豪感更是油然而生，不知不觉在心里播下文学的种子。

因为《歌风台》，我有幸认识了沛县文坛精英，印象最深的是丁可老师，他是《歌风台》诗歌版的常客。胖胖的丁老师弥勒佛一样笑口常开，常常挎着一个旧帆布包，有时也用军用水壶点缀腰间，偶尔喊一嗓子京腔，却是地地道道的京味。常常和宋老师搭档打牌，一高一矮，一胖一瘦，一唱一和，简直是世间绝配。打赢了，丁老师哈哈大笑；输了，就孩子似的赌气不说话，有时也提前消失，不见踪影。普普通通、朴实可爱的丁可老师，却写得一手好诗。一首《母亲的专列》让《人民的名义》锦上添花，打动了多少赤子之心！一直喜欢丁可老师的诗歌，散发着泥土的芬芳，有着红高粱的热情，也有土豆的朴实。丁可老师说，他是一粒土豆，而且是最小的那个。多么谦逊的土豆啊！他是我们老百姓的诗人，敢于为老百姓的疾苦呐喊，守住了一个文人的操守，没有丝毫的奴颜和媚骨！胖胖的丁可老师也如泥土一样朴实，在大街上遇到丁可老师，你会以为他是一个一头高粱花朴朴实实的农民。他的坐骑是一辆破旧三轮车，和我想象中的宝马奔驰更是相差十万八千里。虽然是名人，能守住一颗初心，耐住半世寂寞，在喧嚣的世界里仍能活得云淡风轻，于无声处听惊雷，那份恬淡，那份气度怎能不令人敬佩，令人仰视啊！

《歌风台》可谓人才济济，有依然奋斗着的各位前辈，还有在文坛纵横驰骋的各位女将。众女将不可小觑，占据《歌风台》半壁江山。如月的诗歌，如一口老井，美得深沉，美得沧桑；严先云的小说，忧伤的情调，更有不屈不挠的抗争；张涛的小说，后来者居上，惊诧不已；张雅的散文，真实的生活，有滋有味。男同胞更是沛县的骄傲，一匹黑马，纵横驰骋，中国诗坛，不可或缺；还有如月的好朋友白丁老师，屡次获紫金山文学奖，令人羡慕。沛县文坛，一黑一白，黑白双煞，天下无敌。如月白丁，一对璧人，夫妻携手，成就文坛佳话。

更值得一提的是葛宇，她是《歌风台》优秀作者，负责《歌风台》文稿校对，一同校对的还有张裕亮，亮哥人长得帅，诗歌散文更是一道亮丽的风景。认识葛宇，是在一次饭局上，我们同岁，但她是妹我是姐。从此姐妹情深，一如既往。葛宇美丽大方中透着古典美，得体的衣着每次都给人眼前一亮的感觉。她是苦水中泡大的孩子，当过理发师，开过饭店和超市，也经历过感情的波折，但生活没有打倒她，她依然如梅的绽放，风雪中吐露芬芳。丰富的阅历，执着的追求，让她的散文在沛县文坛独树一帜。我们曾一起去南京参加省作协培训班，有幸和她同宿一室。饭后一起漫步在南大校园，彼此诉说着人生的酸甜苦辣，眼泪的背后是有趣的灵魂，摘野果，拍视频，笑对生活。听课的空隙，葛宇拿出《歌风台》文稿修改，连一个标点也不放过，一字一句，都是她汗水和智慧的结晶。张裕亮也是如此，认认真真校对，恰到好处修改。《歌风台》之所以能在省级刊物中崭露头角并赢得众多读者的青睐，离不开每一位作者以及工作人员的辛勤付出，组稿、校对、印刷、邮寄，一步一个脚印，脚踏实地。

《歌风台》读者中，有一个网名叫"书迷"的，丰县人，至今我也不知道他的真实姓名。他加我微信，要《歌风台》所有期刊，他说他四十多岁，喜欢读书，亲切地叫我姐。我说，丰县作协应该有《歌风台》，因为每期杂志都寄送丰县作协。他说，他去丰县作协索要过杂志，但是人家不给，只好向我求助。我翻出我收藏的所有《歌风台》杂志，还找出我出版的几本书，打算邮寄给他，尽到当姐的责任。他却不让我破费，要亲自来取。他还说，他在罐头厂上班，很累，工作之余，经常读书，特别喜欢《歌风台》，手中收集了自《歌风台》创刊到现在的好多期杂志，但不全。他如此酷爱读书，让我非常感动，这年头，物欲横流，能静下心来读书的人不多了。

即将放暑假的一天，我其实没课，"书迷"怕耽误我工作，坐六点的头班车就到了县城，一个多小时的颠簸啊！他打电话给我，说给我带了一些罐头，让我尝尝，我瞬间明白他不让我寄书的原因了。他下车的地点在建行门口，我赶紧骑车过去，看到一个人背着一个蛇皮口袋在站台张望，一件白衬衫已经看不出原来的颜色，脏兮兮的，裤子也皱巴巴的，黑黑的脸膛，皱纹密布，一脸的沧桑。看到我拿着书，他笑了，露出参差不齐的牙齿，这哪里是四十多岁的读书人，分明是六七十岁的庄稼老汉，我惊诧至极，显然这也是一个苦人儿！他向我走来，把半口袋罐头放进我电车上，我哪里肯要，这么穷苦的人，我怎么好意思收他的东西，也许这要花费他半个月的工资呢。可是，他死活不肯，硬塞到我车上，然后抱起书逃也似的跑开了，说是还要急着赶回去上班。我看着他渐渐远去的瘦弱背影，感到鼻孔酸酸的。以后，他再也没有来县城要过书，也许是丰县作协给了他书吧，也许是他工作太忙没有时间吧。《歌风台》能有这样的"书迷"，也可见其魅力所在。

《歌风台》虽然只是县级刊物，她的作用却是巨大的，沛县的许多知名作家，大都是从这里走出。沛县被评为"中国文学之乡"，《歌风台》功不可没。

因为《歌风台》认识了这么多好老师、好姐妹、好读者。他们勤奋写作，为沛县文学创作发展，做出卓越的贡献。走进《歌风台》，我看到了人生的另一种活法，把波澜不惊的旅途开拓出壮丽的行程，让枯燥无味的生活演绎出不一样的精彩。

走过大半生，生活有太多太多的苦，是《歌风台》陪伴我度过一个个不眠之夜，走过一个个冰冷的日子。生活不易，一半烟雨，一半阳光。苦难能让一个人坚强，更能让一个人成长。读书、写字成了我生活不可或缺的主题。《歌风台》如一个老朋友，不断地激励自己，勤奋写作，不可懈怠。

感谢、感恩《歌风台》，留下我深深浅浅的脚印，亦留下一树一树的花开。

岁岁伏羊，今又伏羊，彭城伏羊分外香。

那日，伏羊节，七月流火。炽热的阳光，漫过彭城的上空，洒下火辣辣的疼。风儿停下脚步，和远古一起挥汗如雨。蝉鸣和音乐一起呐喊，呼唤一场旷世盛宴。彭祖祠前，正举行伏羊节表演，蛟龙飞舞，雄狮怒吼，一曲大风起兮云风扬，把大汉的雄风唱响！

音乐声中，白衣方阵登上舞台。轻柔，如杨柳飘摇风中；飘逸，如裙裾轻舞飞扬；刚劲，如万马奔驰雷霆万钧。太极拳，行云流水，柔中带刚，所向披靡。这就是徐州人，大汉子民，刚柔并济的传承精神！

第十七届伏羊节，如火如荼，在徐州大地，彭祖脚下，尽情燃烧。似红红的花儿，开到荼蘼！来自全国各地的厨师，怀着一份敬畏，一份虔诚，一份执着，来到这里。手执檀香，双膝跪地，拜彭祖，拜天，拜地，拜世间一切有生命的东西！最引人注目的，是众多厨师中唯一女士，和男人一样，立在骄阳下，似一棵不倒青松，任烈日肆虐，岿然不动。厨师，一贯是男人的天下，女人很少，能和男人平分秋色，自有超凡厨艺。为我们女厨师点赞，为女厨师站立骄阳下一个多小时而喝彩！愿以后有更多的女人从锅台走向舞台，做自己喜欢的事，占据厨师半壁江山，高唱一句，谁说女子不如男！

伏羊节，一头头雪白的山羊从远古走来，从四面八方走来，汇集徐州，用生命之火，点燃一次又一次的涅槃，牺牲自己，成全别人！跪下身子，是对生命的敬畏，是对先祖的膜拜。民以食为天，食以安为先，安以质为本，质以诚为根。彭祖食羊为养。汉高祖，以羊赏赐功臣。寻常百姓家，无羊不成宴。现代人更把食羊的风气，蓬蓬勃勃成一个节日。伏羊节期间，羊肉汤，羊肉串，羊蝎子，孜然羊肉，清汤羊肉，羊肉炖白菜，各种菜味道鲜美，肉质细腻鲜嫩，彰显的不仅是舌尖上的美味，更是徐州人热情、善良、诚恳、豪爽的品质！羊肉汤，白白的汤，骨头熬制而成，如奶油一样。加上细嫩的羊肉，碧绿的香菜，红红的辣椒油，喝一口，香，辣，鲜，嫩，欲醉欲仙，做个神仙也不换！

刚从农村搬到城里时，父亲伏天来我家，我总是带父亲到小区旁边的羊肉馆喝羊肉汤，父亲怕我多花钱，嘱咐老板，要小碗，十块钱的。老板总是端上一大碗，上面飘着红红的辣椒油，估计胆小的南方人，看到额头就会冒汗。父亲，用筷子一挑，鲜嫩的羊肉藏在碗底，分量很足。父亲疑惑地看着老板，老板笑眯眯地说，是小碗，十块钱！于是，父亲埋下头喝得嘻嘻溜溜，肆意汪洋，满头大汗，畅快淋漓！我和老板相视而笑，其实大碗是二十块，我和老板达成默契，为的是让父亲喝得放心，开心！后来，羊肉馆拆迁，不知迁到哪里去了！父亲总是怀念那家羊肉馆，还有善良的胖老板。现在，羊肉汤仍是父亲的最爱！大口喝酒，大块吃肉，痛快至极。徐州人性情豪放，淳朴善良，大汉文化，尽得风流！

祭拜彭祖活动庄严肃穆，有条不紊。人们着古装，峨冠博带广袖，仿佛穿越时空，回到了远古时代。臣民一步步登上彭城大殿的台阶，礼乐声中，彭祖高高在上，巍然屹立，目光慈祥而又坚定，威严地俯视着虔诚的子民，接受跪拜，品尝进贡的美食——伏羊宴。作为开山鼻祖养生专家，秉持天人合一的理念，将冬春之毒通过以热制热，以毒攻毒的方式，在夏季排出，开创以食为养的大创举。彭祖寿八百，也许和伏天吃伏羊宴息息相关吧！

十一点左右，祭祀大典圆满结束，所有的厨师、演员和各级领导合影留念。这是徐州人最大的伏羊盛典！热情如火的徐州人把淳朴民风传播到五湖四海。伏羊宴，美食节，虽然全国都有，徐州是最大的举办地。我们的大徐州，我们的伏羊宴！端起酒杯，来我们徐州吧，吃一块香喷喷的羊肉，满口生香。热情好客，豪爽善良的徐州人，是你们永远的朋友！

盛典结束了，我们市作协的各位老师，走进饭店，品尝伏羊宴！踏进金碧辉煌的酒店，竟然沉醉不知来路。当一碗碗鲜美的羊肉汤端上来时，我又想起父亲。如果，在农村的父亲能品尝到大师做的汤，一定高兴得像个孩子，不顾一切地大快朵颐。他日，一定带父亲去大饭店，品尝伏羊宴，享受美食的同时，让孝道让爱心发扬光大。人们啊，别只顾着让孩子吃羊肉串，别忘了把家里的老人一起带上，让老人喝一碗家乡香喷喷热辣辣的羊肉汤！

品尝着美食，与志同道合的朋友推杯换盏畅所欲言，不也是人生一大快事？人，有许多种活法，生命有许多种色彩。尽情品味属于你的每一分每一秒。别苛求太多，平和心态，泰然处之。彭祖长寿，也许和他平和的心态有关，不单单是因为美食！

伏羊节的举办，一方面是徐州人对祖先饮食文化的传承。另一方面，也表达了对彭祖的怀念，对汉风古韵的赞颂！这是一次历史的沉淀，这是一曲文化的盛宴，这是一首现代大风歌！

岁岁伏羊，今又伏羊，徐州伏羊遍地香！

七月流火，伏羊流香。这个伏天，你去哪儿？要不，找点空闲，找点时间，放下手中的琐屑，来徐州品尝伏羊宴？

传奇

　　午后的南山牡丹园，静静地卧在昭阳湖畔，等着我们去发现，去见证她的魅力、她的传奇！

　　阳光铺路，春风作伴，还有热情好客的杨屯中学曹越校长给我们做讲解。带着好奇，我们走进牡丹园，走进昭阳湖畔的一片花海，走进一个眼花缭乱的传奇。曹校长，黑黑的脸膛，热情朴实得如同脚下的土地。方圆数百里独树一帜的牡丹园，以她的高贵、她的热烈，向我们张开怀抱。如母亲般一下子把我们揽在怀里，任我们去闹腾、去惊叫、去撒欢！这方圆几百里大自然的奇迹，一朵朵盛开的牡丹花惊艳了所有人。心里不禁翻动"春风得意马蹄疾，一日看尽长安花"的快意。但是，当我们随着曹校长一走进杨屯中学，才知道，这里才是真正的传奇。

　　其实，这是第二次和杨屯中学相遇。第一次是在七年前，杨家有女初长成，那时的杨屯中学还是一个豆蔻梢头二月初的女子，刚刚搬到新校址没多久，百废待兴，一切都在成长中。没想到几年不见，她出落得如此楚楚动人，女大十八变，越变越好看，最终成为沛县乡镇中学的佼佼者，连续 17 年乡镇中考成绩排名第一，这难道不是一个传奇吗？那么，传奇又是怎么炼成的呢？

曹校长带领我们来到校园的西北角，一座小巧玲珑的亭子旁边，一座座名人的铜质塑像让我肃然起敬。丛林、贾广和，共产党的好儿女，为百姓鞠躬尽瘁死而后已；胡子良、胡德高、胡德风，胡门父子兵，一身正气，叱咤风云；郭子化、肖剑飞、萧平，英雄豪杰，人间翘楚。这是昭阳湖水喂养的优秀儿女，是不屈的脊梁，是不倒的丰碑。生命，揉进了杨屯人的风骨和血肉；灵魂，在这方土地生根发芽，蓬勃成新的生命，一代代生生不息。还有杨屯中学旧址，老乡口中的"蛮子林"，松涛阵阵，那是众多抗日烈士的声声呐喊！滴滴鲜血滋养的土地，才能长出参天大树，才能生出中国的栋梁！这是杨屯中学丰厚的历史人文底蕴，这种不屈不挠的杨屯精神支撑着杨屯儿女一次次走出困境，走向辉煌，创造传奇！

曹校长特别强调了几棵百年老树，让我感动不已。他动情地说，为了这些百年老树，真是费了老辈子的劲。一棵是核桃树，另一棵是银杏树。核桃树在校门旁，粗大的枝丫才刚刚抽出新芽，是青春，是希望，一切才刚刚开始。银杏树在操场上，举着一树的青绿，笔直地站立着，对抗着南来北往的风。老树，是从杨屯拆迁的村庄移植过来的，一棵树少说也得值个几千块，老百姓却没要钱。为了树的成活率，动用了几台挖掘机，几台托运机，把树周围几平方米的老土一起移植过来。树太大，移栽遇到难题，有父老乡亲的支持；车不好开，有愚公移山的劲头，一寸寸、一步步花了好长时间挪移过来！所有的付出都是值得！这是对生命的敬畏，即使是一棵树；这是把学校当成家，即使是一棵树，也要放在最恰当的位置，给孩子们一片绿荫。树下，栖息过孩子们疲惫的身体；树旁，放飞过孩子们对明天的希望。几棵古树，不用分文，更让孩子们感受父老乡亲的宽厚胸襟，一树温暖。用环境育人，我隐隐约约读出了曹校长的良苦用心。一个好校长就是一所好学校，不是吗？一心扑在育人上，多有责任心的校长，把学校当家，是一份责任，一种担当！学校是我家，有家才有温暖。我是家的成员，让家更美丽，让家成为传奇！厚重的历史，幽美的环境，敢于担当的引路人，这无不是传奇中的一笔。

让我惊诧的还有操场东边的教职工活动室，几百万的锻炼器材，杠铃、哑铃、跑步机以及各种体能训练机应有尽有。为了方便老师换衣服，有更衣室；为了方便锻炼后洗澡，还有浴室。工作之余，到这里放松放松，休息是为了更好地工作。领导的理念变了，不像有的学校，除了关心成绩，拼命压榨老师的时间，不注重老师们身体健康。杨屯中学恰恰相反，这样老师们更有了干劲，不是坐在办公室熬时间。人在曹营心在汉，工作效率不高，又有什么用呢？更让我惊奇的是，为老师敢于大手笔投资，而校长办公室的桌椅却是斑驳陆离的旧桌椅。办公室摆设也很简陋，沙发也是旧的，十几平方米的一间办公室，除了沙发、桌椅，别无长物。没有宽敞明亮，没有富丽堂皇。教书多年，见过许多校长办公室，也见过各个阶层各式各样领导办公室，曹校长的办公室是最低调的。把最好的给老师，最差的给自己，不能不说是一种无私的情怀！这是不是铸就传奇的一个因素呢？雁阵，能完成长空万里的征途，是靠头雁的引领。一个好校长带出一群拼命硬干的老师，一所好学校还应该有一群风华正茂、活力四射的同学少年。

给我强烈震撼的要数孩子们的课间武术操了。上千个孩子穿着整洁的校服，排着整齐的队伍走进操场，没有嘈杂的声音，没有多余的动作，只听到刷刷的脚步声，像敲击的鼓点，敲击出振奋人心的旋律。千人操场，站立着一颗颗希望的种子，横竖一条线，前后左右对齐，一个方阵连着一个方阵，如大海般辽阔，高山般雄壮。音乐响起，猎猎风激，吹过湖面，沙沙声起。一曲屠洪刚的《精忠报国》，荡气回肠："狼烟起，江山北望。龙旗卷，马长嘶，剑气如霜。心似黄河水茫茫，二十年纵横间，谁能相抗？恨欲狂，长刀所向，多少手足忠魂埋骨他乡，何惜百死报家国，忍叹惜，更无语，血泪满眶。马蹄南去，人北望。人北望，草青黄，尘飞扬。我愿守土复开疆，堂堂中国要让四方来贺！"孩子们跟着乐曲边做操，边跟唱，一举手一投足，如战场马鸣，山林虎啸。马步蹲桩，金鸡独立，融合了中国武术的精华，既能强身健体，传承国粹，又能如民族英雄岳飞那样精忠报国，护我山河！堂堂中国男儿，一腔热血保家卫国，谁人敢践踏我一寸国土！团结就是力量，力量是铁，力量是钢，比铁还硬，比钢还强，无坚不摧，无往不胜！我们是中华少年，少年智则国智，少年富则国富，少年强则国强！美哉，我中国少年，与天不老；壮哉，我中国少年，与国无疆！课间操，我读出了孩子们浪涛般涌动的活力，我读出了钢铁般团结的力量，正是这，才造就了杨屯中学的传奇，一个不老神话！

　　杨屯中学的课外活动丰富多彩，让我震惊不已！震惊之余，感慨颇多！现在的学生普遍厌学严重，究其原因，来自方方面面。一个重要的原因就是学习被动，缺乏学习兴趣。兴趣是最好的老师，杨屯中学的孩子们，学习之余，可以舞动刀枪，可以吹拉弹唱，可以琴棋书画，也可以吟诗作对。丰富的课外生活，缓解压力，放松心情，快乐学习，让成绩插上飞翔的翅膀。走进操场，一个女孩舞动大刀，虎虎生风，如穆桂英在世。一男孩手握宝剑，剑走如龙蛇，剑锋一指就是整个操场。足球场的孩子们，将足球把玩在脚掌间，娴熟至极。走进一间间教室，孩子们画画，把大自然的美请进课堂。写毛笔字的同学，在书法家侯兵老师的指导下，大有王羲之"矫若惊龙，宛若浮云"的态势。胡老师因材施教，让每个孩子都有一个好的前程。这是他的期望，也是他的教学理念。杨屯中学的教学，让一百个学生进了学校后，出来时变成二百个三百个学生，而不是一百个学生进了学校，出来时变成了一个学生。创新，个性化，才是一个国家的希望，故步自封只会原地踏步，直至自取灭亡！解放，解放，解放，重要的事说三遍。只有这样的思想，才能塑造一座丰碑，塑起民族希望，塑起一个传奇！个性化的领导，个性化的教师，个性化的学生，原来，这就是杨屯中学的传奇！

　　午后，春风拂动，空气里，有湖水的温柔，有牡丹的清香。牡丹园给这片土地戴上花冠，杨屯中学给这片土地镶嵌上宝石。这就是这片土地上长出来的一个又一个传奇。

　　第一次去经开区图书馆我竟然没找到入口，到处都是门，峰回路转，误入一家商店，买了两包奶，问老板才知入口。图书馆太大了，第一次走进这么大的图书馆，好似刘姥姥进大观园，欣喜惊讶至极。

　　图书馆位于美丽的金龙湖畔，以后每每去图书馆参加活动，总要在湖畔走走，清澈的湖水荡漾在心间，瞬间平复了多日的焦虑，心也安静下来，然后走进图书馆，如同走进金龙湖的小院，静谧安详。图书馆共三层，宽敞明亮，书香四溢。一层是孩子们的天下，有许多家长陪同孩子一起读书，小小的心灵就播下知识的种子。楼上是成人的世界，有阅览区、自修区。大家静静看书学习，互不干扰，在书中安放一片悲喜，一缕哲思。看书久了，还可以坐下来喝喝咖啡，品尝甜品，充满家的温馨。图书馆24小时开放，冬暖夏凉，如果你在外面闯荡累了，可以背起行囊走进图书馆，像走进母亲的怀抱，放下一身的疲惫，获得爱的抚慰，心灵的休憩。第二天，精神抖擞，带上智慧和自信，再次行走红尘。图书馆是一座城的核心灵魂，是一个人的精神支柱，靠近她就像大地之子安泰靠近大地。

在这里我不仅汲取了知识，还有幸加入了金龙湖文学社，结识了写作上的好多贵人，学到不少东西，潜移默化中提高了写作水平。金龙湖文学社社长是王夫敏，大家都喊他王镇长，我也跟着这样叫，后来才知道他不是镇长，"王镇长"是杜长明老师送给他的雅号，大概是因为王夫敏风度翩翩，帅气英俊，大有镇长派头的缘故吧。不过大家都已习惯了王镇长这个称呼，也就一直叫到现在，王夫敏有叫必应，很是开心，大家也哈哈一笑，金龙湖文学社就像一个大家庭，关系十分融洽。

王镇长不但文章写得漂亮，而且琴棋书画样样精通，是金龙湖一大才子。他是个热心人，很有领导才能。金龙湖文学社在他的带领下，风风火火闯九州，声名鹊起，在徐州文学圈影响很大，市作协领导和许多写作大咖也齐聚在他麾下。大家经常在图书馆搞活动，如同文学沙龙，即使疫情期间也没有停止。

那年秋天，金龙湖畔飘浮着浓浓的桂花香，沁人心脾。王镇长让我和刘红军老师在图书馆主持"十方读书会"《叹花落去，看燕归来》，讲述北宋宰相词人晏殊的一生。"十方读书会"是王镇长搞的读书沙龙，义务给来图书馆读书的学生和金龙文学社老师分享读书体验，已经办了好多期。接到任务，有点忐忑，毕竟是我第一次主持读书会。虽然我是老师，天天给学生讲课；虽然是学中文的，系统学过中国文学史，但给作家讲课是第一次，作家们都是人中龙凤，非泛泛之辈，所以还是有压力。

离讲课还有几天时间，我不敢有丝毫懈怠，在网上下载了有关晏殊的生平、作品以及代表作赏析的资料，并打印出来。白天看，晚上看，清早起来还要背诵晏殊的代表作。认认真真写备课，先讲啥后讲啥，要思路清晰。理清讲课思路，我一遍遍练习，讲给面前的小板凳听，讲给女儿听。女儿笑我神经病，我笑着说，毛主席教导我们：世上怕就怕"认真"二字。女儿大笑，夸我是毛主席的好学生。我亦大笑！

功夫不负有心人，我合上讲稿，可以信"口"拈来，不费吹灰之力。我长舒一口气，终于可以不再熬夜和晏殊彻夜长谈了，终于可以睡个安稳觉了。我放过晏殊，晏殊也放过我，两不相欠。无可奈何花落去，似曾相识燕归来。我念念有词，悠闲地在小区桂花丛中，独自徘徊。想着明天讲课的情景，孩子们目瞪口呆，被我精彩的讲课所折服，掌声响起来，鲜花送上来。作家们莫名惊诧，无不伸颈、侧目、默叹，以为妙绝！　　我甚至都笑出声来，坐等明天掌声雷动吧！

第二天上午，听完土牛老师对苏轼一生的解读课，下午我早早来到图书馆，仍然胸有成竹。三楼会场只有几个工作人员在忙碌，听众席也寥寥无几，我在图书馆兜兜转转，又在电脑上查阅了有关晏殊的资料。图书馆备有电脑，可以免费查阅资料，非常方便。到上课时间，来到会场，王镇长、刘红军、赵玉强老师都到了，胡军英等作家也都坐在听众席上，还有好多学生拿着小本子静静坐着。王镇长强调上课时间一个小时，严禁拖堂。上场了，我的心竟然咚咚跳个不停，想象中的掌声、鲜花早就消失得无影无踪了！

开始上课，稍稍平复心情，我让刘红军先讲，毕竟是诗词协会的，是大咖。刘老师洋洋洒洒，不紧不慢，娓娓道来，一口气竟然讲了五十分钟，我看看时间，也不好意思打断他。眼看着时间一分一秒过去，留给我的时间越来越少，我如坐针毡，不知如何是好。还是王镇长及时提醒，才让我英雄有用武之地。不到十分钟的时间，我还要留几分钟给赵玉强老师讲。一个多星期的精心准备，所有的思路都成了泡影，所有的精彩诗词都化为青烟袅袅，飞到九霄云外了。我乱了阵脚，吞吞吐吐，不知所云。还好，总算讲完了，平平淡淡，没有掌声，更没有鲜花，原来的美好设想成为海市蜃楼，瞬间消失。出了图书馆，缕缕桂花香再次迎面扑来，心情大振！

那年，图书馆，我的第一次读书会，有失落，有得到。不是所有的理想都能实现，不是所有的梦想都能成真。但是。经历过，就不在乎结果。山一程。水一程，终点也是起点。

泗水印象

秋日的午后，阳光融融，漫步泗水小学，仿佛走进一个温馨的家园。进入大门，一巨型雕塑矗立眼前，一本本厚厚的书籍，层层叠叠直抵蓝天。一个可爱的女孩落落大方地向我们介绍说：这是我们的"书径"雕塑，主要营造"书山有路勤为径，学海无涯苦作舟"的读书氛围，引导我们多读书、读好书、好读书，培养良好的阅读习惯。女孩百灵鸟般的声音，让我们也感受到了读书的乐趣。腹有诗书气自华。书卷多情似故人，晨昏忧乐每相亲。孩子们与书为伍，从小热爱读书，读书使人快乐！

校园中，28 根文化柱成为独特的风景。仿佛穿越时光隧道，古沛八景在每根柱子上徐徐展开，歌风高台传来大汉千古绝唱，辕门射戟让十万雄兵卸征衣……汉刘邦开启的汉文化艺术更是异彩纷呈。

传说，秦灭西周得九鼎，运鼎于咸阳途中，豫州鼎飞入泗水彭城下。后，司马迁《史记》记载，秦始皇途经泗水，见鼎，使千人没水求之，弗得。最终，曾为汉泗水亭亭长的刘邦灭秦兴汉，也就有了"君权神授"的合法性。汴水流，泗水流，流到瓜州古渡头。古泗水流经沛县，泗水之滨，是华夏民族文明的重要发祥地之一，更是儒家文化的渊源，以孔、孟为代表的先秦文人在这里创造了照耀千古的儒学文化。近代学者王献唐说："泗水两岸，自唐虞以来，其经济文化就领先于其他各族。"泗水之岸的泗水小学，有丰厚的文化底蕴就不足为奇了。

离开文化柱，迎面走来"笑脸墙"，孩子们一张张灿烂的笑脸，如春天盛开的花朵，开在泗水之滨，开在这片希望的沃土之上。每一张笑脸，都是爱的浇灌，爱的滋养，花因爱露，尽展芳菲！

到处是童心、童声，七彩童学馆，如七色彩虹，绚烂了这个多彩的秋天。美好的童年就这样在这个秋天走进我的生活，我的心也随着一个个小小的身影，变得干净、纯洁，充满朝气。孩子们胸前的红领巾在燃烧，"少年强则中国强，少年盛则中国盛"。铿锵有力的朗诵，是孩子们一颗颗滚烫的爱国之心，那一双双清澈的双眸，漫数芳尘，有何幸、生为华夏人！

有好听的音乐传来，古筝悠悠，如涓涓小溪，流淌在山涧，溅起朵朵美丽的浪花；又如微风拂柳，霓裳仙子衣袂飘飘，香风阵阵。突然，筝声渐紧，若急雨敲阶，又如惊涛拍岸，朔风吹雪，似千军万马横空而来！如果不是亲眼所见，你很难想象这优美的旋律，出自几个小女孩之手。她们端坐在古筝前，稚气的小脸蛋，凝重、威严；稚嫩的小手指挥着百万大军，运筹帷幄，气定神闲。

剪纸的孩子，灵巧的双手上下翻飞，魔术师一样变出一个个可爱的小动物。我走到一个女孩跟前，她用小剪刀在红纸上一上一下，一左一右，展开红纸，一朵向阳花就开在手心了。女孩羞涩地看我一眼，又专心地剪另一张了。

绘画的孩子，用彩笔描绘着祖国的山山水水。孩子们聚精会神地画着手中的画，丝毫不在意我们的指手画脚。他们脸上洋溢着笑容。我见青山多妩媚，料青山见我亦如是吧！

玩雕塑的孩子，小手在泥巴上捏捏揉揉，一头憨态十足的小猪猪就诞生了。写字的孩子，紧握手中笔，一笔一画写中华。字如其人，认认真真写字，方方正正做人。

最精彩的是孩子们制作的机器人。在一个清秀男孩的指挥下，机器人按照程序搬运东西，让它向东它不敢向西，俨然一个听话的小木偶。我们饶有兴趣地观赏，将来让这些孩子设计无人机，应该不成问题吧。科学就是生产力，孩子就是祖国的未来和希望。

离开七彩童学馆，我们来到了操场。

篮球场上你争我抢，哨声一响，篮球箭一样射向篮筐。足球训练，男孩女孩排成一排，运球，传球，有板有眼。跆拳道更是高潮迭起，孩子们大喊一声，飞起一脚，踢向教练手中的木板，霎时，木板成为碎片。武术表演更让我大开眼界，一群十岁左右的孩子舞刀弄剑，刀如白蛇吐信，剑如游龙穿梭。时而身轻如燕飘向空中，时而如蜻蜓点水轻轻落地。沛县是武术之乡，良好的传承让中国武术发扬光大。

最有趣的要数"耕读园"了。这里不是鲁迅笔下的百草园，但园中确有一些野草，最多的还是各种植物，没有油蛉低唱，没有蟋蟀弹琴，但这里仍是孩子们的乐园。午后的阳光暖洋洋地照在孩子们身上，清新的空气里有暗香浮动。碧绿的菜畦，有嫩嫩的小油菜，还有脆生生的青萝卜。红红的辣椒，举着一串串火红直指蓝天。一些中药材各据一方，只认得金银花，黄黄的，掐一朵放进嘴里，有点甘甜，只是味道很淡。泗水小学，让孩子们亲近自然，回归自然，的确是教育的大智慧。

在城市里长大的孩子，往往对大自然一无所知。儿子小时候，我让他去超市买葱，他竟然买回一捆蒜苗，让我哭笑不得，城市的许多孩子连麦苗和韭菜都分不清。让孩子亲近土地，走进大自然，在劳动中成长，在成长中获得聪明才智。懂得劳动者的辛劳，懂得劳动的伟大和美丽，长大后就能珍惜劳动成果，养成勤劳、节俭、诚实的好品质。一群群孩子们在这里写生，一个孩子画出萝卜绿油油的叶子，一个年轻的美女老师弯着腰认真指导。四周静悄悄的，微风吹来，仿佛听到叶子舒展开来的声音。草在结它的种子，风在吹它的叶子，我们站着，不说话，就十分美好。我想起了顾城的诗。我们悄悄离开，孩子们仍然涂抹着他们的赤橙黄绿青蓝紫。牛顿因苹果落地发现了万有引力定律，孩子们会不会因为一片叶子，发现大自然的奥秘？走出教室，走进大自然，这里天空就是屏幕，大地就是教室。大自然触动孩子们的好奇心，增强想象力，激发创造性，让孩子们感受大地之美，如希腊神话中的大地之子安泰一样，从中获得生命的力量。

泗水小学的孩子们，在快乐中学习，在大自然中成长，才能释放个性，放飞梦想。我们的社会需要的不是规格一样的机器零件，而是各具特色的创新型人才，具有独立思考的能力。这样，国家才有希望，民族才有出路。

放学了，夕阳西下，美丽的泗水小学沐浴在晚霞之中。孩子们唱着歌，一队队离开了学校。和孩子们相比，我已是一抹夕阳，而孩子们却是早晨八九点钟的太阳，朝气蓬勃。生命就是如此，有消亡，有成长，正因如此，江山代有才人出，各领风骚数百年，社会才会传承发展下去，越变越美。

泗水印象，印象泗水，风景这边独好！

桃花灼灼舞春风

春天刚迈进四月门槛，一树树桃花就灼灼开了。我们老年大学的师生们乘车，也随四月一起来到桃花盛开的地方，栖山镇胡楼村，和桃花一起舞动青春，参加第一届桃花节文艺汇演。车内欢声笑语，车外油菜花开。一路春风随，一路花香伴。知天命之年，却如孩子般天真，一曲曲老歌，把我们带到青春燃烧的岁月，"红星闪闪放光彩，红星灿灿暖胸怀……""洪湖水，浪打浪……"我们尽情地唱啊，笑啊，连年轻的司机小伙也情不自禁笑起来。性格开朗的魏姐自称桃花岛主，带领我们冲向桃花岛……

不一会就来到"桃花岛"。阳光如地毯一样铺在脚下，蹚着阳光，步行数百步，中无杂树，芳草鲜美，落英缤纷。分明是陶渊明笔下的桃花源了！呼吸惯了城市污浊空气，四月的乡村，春风裹着花香阵阵袭来，如甘甜的美酒一样醉人。

来到桃花源，怎能不去赏桃花。放下背包，我们舞蹈组的八姐妹一头就扑进桃花海，在花的海洋里尽情徜徉，尽情欢笑。

厚重的土地，如母亲般慈祥地接纳了我们。任我们俏皮地玩耍，肆意地打闹，她一点也不恼，只是默默地看护着我们，柔软的土地，碧绿的小草，是那么温暖，如小时候靠近母亲温暖的胸膛。

一树树桃花，粉面含羞，撅着红唇，如我们的姐妹，和我们一起笑啊闹啊。也许等了一个冬天，只等这一刻来把她唤醒。花瓣飞舞，如大唐飞天，长袖一挥，就是明艳艳春天。如江南女子，回眸一笑，就醉倒一袭青衫。

谁说快乐只属于年轻人，我们也一样能舞动青春！脸上的皱纹，是快乐的五线谱，我们用五彩丝巾轻轻弹唱。舞起来，脚步有点踉跄，却阻止不了幸福敲门咚咚锵。桃树笑弯了腰，桃花笑破了唇。朵朵花瓣如花雨，拂了一身还满！

台下，桃花灼灼舞春风。台上，文艺汇演情谊浓。古筝弹唱穿越时空而来，如千年女子声声倾诉，人面桃花相映红。着红色旗袍，撑绿色纸伞，款款走来的，是烟雨江南，青青石板路，那个丁香一样的姑娘吗？白色服装，如白云朵朵，随风飘动，舞韵瑜伽演绎一壶桃花香！太极拳表演，行云流水，如汩汩清泉，沉静灼热的内心……

该我们登台表演了。粉红色服装，如红莲朵朵，我们成了楚楚动人的荷花仙子。莲步轻摇，眉目含情，陈瑞的歌，凄美动人，桃花红，梨花白，装饰了谁的梦？平生第一次登上舞台，面向观众，志忐中几分激动，几分快乐。人生如戏，戏如人生，只要认真表演，总能赢得掌声。

表演结束，轻松了许多。再次走进桃花源，八姐妹明媚了人间四月天。摆着各种造型，和桃花争艳，和春天比美。即使老了，也活出不一样的精彩！如桃花，一出场就如妖，妖到极致，美到极致！即使，也会枯萎，也会零落成泥。绚丽过，美好过，一生无憾矣！

女人如花，每一朵各不相同。有的沉静如兰，温婉动人。有的艳若桃花，顾盼生姿。有的坚强如菊，傲视风霜。我们的刘老师，和蔼可亲，朵朵笑容，时时盛开，那是走过沟沟坎坎后的从容淡定，那是经过风吹雨打后的依然坚强。把快乐传递每个人，和刘老师在一起，就没有忧愁，没有烦恼。也许，善良的人，总是把笑容留给别人，把眼泪留给自己！

我们的班长，说话办事风风火火，热情亦如火。这次演出，给我们拍了好多照片，也是我们的形象设计师。班长像什么花呢？

九九，我在心里叫她九妹，可惜我不是梁兄，不能十八里相随。九妹，举手投足，有江南女子的风韵。那背影，是朦胧的渴望，是在水一方的不可及。连桃花都羞红了脸，躲得远远的，不敢与之媲美了！

蓉，成熟稳重。无论到哪里，都沉静如水。老子曰，水善利万物而不争，处众人之所恶，故几于道。所谓上善若水。女人如水，是大智慧。

看，谁敢把一树桃花踩在脚下，戴墨镜，着牛仔，两手掐腰，矫首昂视，那神情，分明向桃花示威，豪气冲天，这范儿，非我们的李大小姐莫属了！

还有其他三姐妹，小家碧玉的美。八姐妹，八朵金花，桃源聚义，携手共渡红尘，友谊地久天长。午后的阳光，肆意挥霍着如火的热情。吃饭了，村民们，送上香喷喷的农家菜，青菜蘑菇，清炖狮子头，还有黄澄澄的缸贴子，清甜可口的豆扁糊糊。淳朴善良的村民，把饭菜都给了我们，最后自己没得吃了。桃花源，花好看，人更美！谢谢你们，善良的村民！

该走了，我们随魏姐离开"桃花岛"，桃花挥手想送。忘不了朵朵桃花情，忘不了殷殷村民义。桃花满陌千里红，桃花灼灼舞春风！

车内，依然一路欢歌，一路花送！

烟雨青墩寺

　　走进青墩寺，恰逢谷雨。谷雨，是春季最后一个节气。古人云："雨生百谷"，谷雨来临，充沛的雨量，催万物之生机。暮春的雨，不再云雾般细腻柔和，也不再迷迷离离，一颗颗清澈而干净的雨滴从空中降落，或急或缓，沐浴着青墩寺的前世今生。

　　青墩寺，原是一座寺庙，始于汉，兴于明，盛于清。香火极盛。修建于明清的大佛殿、三圣宫、鲁班祠，烟雨中，灰砖黛瓦，墙壁斑驳，如三个沧桑老人，并排坐着，静默古朴、庄严肃穆，谈论着世间悲欢离合、善恶因果，这里是青墩寺最古老的前世。大佛殿，建于明万历年间，单从名字上就可以想象当年的恢宏气势，重檐斗拱，翘壁飞檐。香火缭绕，梵音袅袅，乃方圆百里之名刹。鲁班祠，建于清光绪年间，祠中原有鲁班和童子木质雕像，工艺精湛，栩栩如生。现在几张实木桌椅占据大半个屋子，已经不见了塑像。三圣宫，建于1903年，以供读书人拜谒孔子、仓颉以及道教文昌君"三圣"之用，传承灿烂悠久的华夏文化。现在，这些古老的建筑，风雨中仍默默诉说着青墩寺的前世，一块砖，一片瓦，甚至是瓦楞上摇曳的青草，无不植入古老的青墩基因。朴实，坚强，生生不息。

紧挨三圣宫，有一座碑亭小巧玲珑，里面是古老的三圣碑，刻于民国十年。陪同我们参观的青墩寺小学王校长告诉我们，破四旧时，石碑被毁，断为三截，散失民间，后寻找断碑，合为一处，成为青墩寺宝物。和三圣碑遥遥相对的是古老的懿行碑，是为纪念青墩寺小学创始人朱才全先生于1921年所立，上面的碑文"热心兴学"已模糊不清，但老先生无私办学的品德，却美名远扬，流芳百世。王校长娓娓道来，对碑的来历、内容，如数家珍。王校长，一身朴素的装束，平头，已有些许白发。如果没人告诉你他是校长，你一定认为他是一个普通老百姓，如脚下的泥土一样朴实。他说话干脆利落，虽然少点知识分子的儒雅之风，但他平易近人，让人觉得很亲切，如邻家大哥一般。雨，一直下着，他也一直在雨中陪着我们。

经过时光的浸泡，现在的青墩寺，古老已焕发新生，岁月正在另一番天地舒展激情。远望，烟雨中，各种树木花草，更显青翠，更添妩媚。勃勃生机，在这片土地上尽情舒展生命的强度和力度。青砖黑瓦掩映在绿树草丛之中，石板小径蜿蜒在花草葳蕤之处，很有点江南乡村的古朴典雅。雨中漫步，古老与现代的气息交替牵扯着人的衣袂，浓浓的绿色和鲜亮的红色互相映衬着我的目光。红色，是青墩寺最夺目的色彩，红红的旗帜，红红的门窗，红红的廊柱，这鲜血一样的红色，让我激动，让我心潮澎湃，更让我深深地敬仰！

青墩寺，是一所百年老校，建于1905年，因治学有方，有"江南燕子矶，江北青墩寺"的美誉。青墩寺又被称为红色圣地！1929年，中共沛县第一个特别支部就在这里诞生。这里是革命的摇篮，共产党的发源地。南湖的红船上，中国共产党成立，至今已是一百周年。青墩寺，沛县革命的火种，在青墩寺西面一片柏树林里悄悄播种，从此，星星之火成燎原之势，一发而不可收。共产党员青墩寺小学老师孟昭佩被选为支部书记。革命的圣火，在青墩寺小学，在知识分子中一棒棒传下去，许多人为革命献出宝贵的生命，孟昭佩，在策动国民党军队起义时被反动派杀害，年仅 29 岁。作为一名知识分子，我为他们感到骄傲和自豪的同时，也深感惋惜，这么年轻就献出了宝贵的生命。为纪念中共沛县党组织成立，在青墩寺建亭树碑，来怀念这些英雄，沛县人民不会忘记他们，他们一如那片松柏林万古常青！

雨，还在不停地下着。青墩寺的核心建筑——中山堂沐浴在风雨中，大门上方，"中山堂"三个烫金大字，雨中清晰闪亮。这座古建筑，1925 年建造，原是学校大礼堂，因纪念孙中山先生而得名。现为红色文化展览馆，红色的墙壁，陈列着沛县各位烈士和英雄的照片，伫立烈士照片前，一张张年轻的面孔顿时震撼了我。贺瑞麟，雨花台烈士，曾就读于青墩寺小学，牺牲时仅仅 19 岁。李云鹏，十八岁加入共产党，后加入新四军，在刘老庄抗日作战中，为掩护部队机关安全转移，和全连 82 位战士一起壮烈殉国，年仅 23 岁。他们一个个还是孩子啊，比我的儿子还小，一张张带着稚气的照片，目光里有孩子般的天真无邪，也有一个共产党员的刚毅和坚强！我，作为一个母亲，我爱你们，孩子们！以一个母亲的名义，为你们深深鞠躬！是你们用年轻的生命，换来今日的和平；是你们用血肉之躯，捍卫了国家的主权不受侵犯！我为你们的母亲而骄傲，我替天下千千万万的母亲感谢你们的母亲，教育出这么优秀的孩子！外面的雨下得更大了，那是谁的母亲，穿过岁月，穿越千山万水，在青墩寺化作了滴滴眼泪！那是上苍给予哪一个不屈的灵魂，化作滴滴春雨，滋润青墩寺，滋润大地万物，滋润家乡的一方土地，也滋润了人们的希望！

穿过古朴典雅的小门楼，上面"闻鸡起舞"的校训，至今仍激励着青墩寺小学的孩子们勤奋读书。雨中，没有停下脚步，我们来到革命先烈塑像群前，丢掉手中的雨伞，任清凉的雨水打湿脸颊，淋湿衣衫。在烈士面前，任何苟且，都是对烈士的不敬！以孟昭珮烈士为主，六位英烈的雕塑像，庄严列于红红的党旗两侧，他们大都是知识分子，在青墩寺小学以任教为掩护，秘密参加革命活动，为党的建设与发展起到不可估量的作用。同为教育工作者，我肃然起敬。平时上班，披星戴月，感叹工作辛苦，牢骚满腹，和英烈相比，这些又算得了什么！

青墩寺的西部，是两座漂亮壮观的教学楼，蒙蒙烟雨，沐浴着青墩寺的今生。教学楼里面的配套设施还没有完善。王校长带我们一一参观，每到一处，我们无不惊叹，作为一乡村小学，现代化的教学设施，即使是县城学校也难以相比。舞蹈房，音乐室，手工制作室，都配有最高端的科技设施，将来这里会走出更优秀的学生，像他们的先辈一样为祖国鞠躬尽瘁死而后已！后面的教学楼传来孩子们琅琅的读书声，他们在烈士革命精神熏陶下长大，在党旗下茁壮成长。这是祖国的花朵，青墩寺的希望！

离开青墩寺，雨仍然下着。青墩寺，这片红色圣地，谷雨时节，就是为了遇见你。党旗飘飘，百年磨难，风风雨雨，不屈不挠。烟雨，青墩寺。青墩寺，烟雨。小而言之，就像每个人的人生，大而言之，就如一个国家，都会遇到风雨，都有迷茫、痛苦的岁月，坚强地面对，只要心中的信念不变，就会守得云开见月明，就会望见金色的曙光！

回望，青墩寺，烟雨蒙蒙。这所革命的摇篮，共产党的诞生地。我们纪念为革命牺牲的共产党员，只有为人民，人民才深深记住他。有的人活着，他已经死了；有的人死了，他还活着！中共沛县第一个特别支部为何在这里召开？这里环境幽静，一方净土。干净的土地，更容易播种。庆祝共产党成立一百周年，我们同样不能忘记党的光荣传统。谷雨，雨生百谷，党的雨露滋润这一方净土，必能开出更加绚丽的花朵！

第五辑

缤纷之旅

妈妈，我想回家

这是一张黑白照片，照片上，一个女孩斜卧在草地上，身后依依的垂柳，再往后是一堵学校的院墙。显然，女孩是一个十几岁的学生，一个可爱、温婉、美丽的女孩。特别是那双眼睛，清澈干净，静静地凝视远方，凝视着这个纷繁喧嚣的人世，也凝视着我。我们的目光相遇，心狠狠地收缩了一下，疼，痛彻心扉的疼，我满眼泪水，作为一个母亲，我被深深触动了。她还是个孩子啊，一个需要妈妈疼爱的孩子，而她的生命却永远定格在 18 岁的那年春天，那个桃花红、梨花白的春天，那个你是一树一树花开的春天！

台儿庄古城的春天，正是梨花飘雪的时节。参观者，如潮水般涌动。有青春朝气的少男少女，亦有如我一般蹉跎半生的老人，聊发少年狂，凑凑热闹。一群少女着白色古装，打着油纸伞，衣袂飘飘，如仙女一般，在阳光下游走拍照，她们笑着，闹着，如春天的百灵鸟，叫醒了沉睡一个冬天的台儿庄。也有两个小女孩，打扮得花枝招展，妈妈牵着她们的手，走过古城的青石板，如两朵盛开的百合花，开在午后的天空，温暖而明亮。

在台儿庄战场遗址公园，我静静地伫立着。公园的西北角，是女孩的铜质塑像，和照片一样清纯漂亮。塑像旁边是一座楼房，伤痕累累，一块块青砖被无数颗子弹撞击出一个个弹坑。遍体鳞伤的老屋，如一个沧桑老人，向我们诉说着那场战争的惨烈。我抚摸着一个个弹坑，指尖处硝烟弥漫，炮火连天。

1937年，淞沪会战拉开了序幕，女孩瞒着父母，离开学校，偷偷参了军，成了一名救护兵。1938年春天上海沦陷后，女孩所在部队参加了台儿庄战役。在台儿庄东邳县禹王山附近遭遇日军袭击，战斗十分激烈，战士们伤亡惨重。连长被一颗子弹射中，也负伤了。女孩跑过去正想施救，一个日本军官挥刀把连长砍死了。鲜血染红了土地，那张年轻英俊的脸血肉模糊。女孩怒火中烧，气愤至极，搬起身边的一块石头，狠狠地砸向日本军官。军官倒下了，女孩被一颗流弹从身后射中，也倒下了。柔弱的身体，倒在一片焦土中，如一朵百合花，圣洁而安详。

是民工把昏迷之中的女孩救了，让女孩在铜山柳新村一户大嫂家养伤，一起养伤的还有五六个伤员，可是女孩的伤势最重。无医无药，女孩从昏迷中醒来，又在清醒中昏迷过去。极度的伤痛，让女孩生不如死。夜里，女孩撕心裂肺地哭喊着："妈妈，疼！疼啊！""妈妈，我想回家！我想回家！"一声高一声低地哭叫，针一样刺破夜的宁静，长空嘶鸣，大地悲泣。大嫂的心也被刺得鲜血淋淋。她紧紧地抱着女孩瘦弱的身体，泪水长流："造孽啊！造孽！她还是个孩子啊！"

女孩渐渐平静了下来，仿佛依偎在母亲的怀抱里，温暖而幸福。

小时候，她每次放学回家，妈妈总是倚在大门外，期盼她出现在村口的身影，看到妈妈才算回家。妈妈张开双臂把她搂在怀里，她咯咯的笑声飞出很远，很远……她是幸福的小公主。

　　然而，几年后，平静的生活被隆隆的炮声炸得四分五裂，侵略者的铁蹄践踏每一个中国人的尊严。虽然她只是一个学生，国家兴亡，匹夫有责。少年强中国才强！她瞒着父母离开学校，和另外两个女同学一起投入到抗日救亡的行列中去，两个女同学都牺牲了，她也即将离开人世。可是，她想妈妈，她想那个温暖的家。她要回家，那是她的根，那是她日思夜想的家乡。即使活着不能回去，死了也要回家。

　　女孩艰难地从口袋里掏出一张照片，两块银圆，一封家书，交给大嫂，说，两块银圆你留着，把照片和家书，帮着寄给妈妈。大嫂接过照片和信件，多么美丽漂亮的小姑娘啊，可是女孩即将离开人世，再也见不到妈妈了。大嫂的泪水再次滴落在女孩的脸上，热热的，女孩露出淡淡的笑容，她知道，她一定能回到家乡，回到生她养她的家乡！

　　一天后，女孩慢慢闭上眼睛，走了，一朵百合花枯萎凋谢了，凋谢在 18 岁的那年春天。

　　大嫂让两个民工把女孩埋在了村东的乱葬岗并插上一株柳枝，柳枝随风而动，好似女孩挺起婀娜的身姿，遥望家乡，呼唤爹娘：妈妈，我想回家！妈妈，我想回家！

　　兵荒马乱，大嫂逃难，远走他乡，就把女孩的遗物藏在家里。再次回家，信件受潮，信封上的地址和信的内容已模糊不清，只有照片完好无损，照片上的女孩依然如百合花淡淡开放。信件无法邮寄，女孩也无法回家。坟墓上的柳枝却一天天长大，她仍然执着地遥望着家乡的方向。风吹柳动，我想回家，我想回家！

大嫂只知道女孩是湖南人，信的内容也依稀记得大概：恕女儿不孝，离家参军没告知爹娘，今身死他乡，望爹娘莫悲伤，寄回女儿照片留作念想。大嫂联系不上女孩的家人，只能守着女孩的遗物，每年清明节，梨花飘雪的时节，在坟前为女孩烧一堆纸钱，磕几个头，告诉女孩，她没有忘记女孩的心愿，她一直守着女孩，等着女孩的家人能找到她，带她回家。

一年又一年，女孩坟茔上的柳枝已长成大树，大嫂青丝也熬成白发，成为奶奶。她把女孩的故事，把女孩的心愿告诉了孙子，让他保管女孩的遗物，代替自己给女孩上坟，帮女孩找回亲人，带她回家。

大嫂守了女孩五十多年，最终带着一生的遗憾走了，去那边陪伴女孩去了。她孙子继续守护着女孩的坟墓，每年的清明节带着孩子上坟，磕头，等待女孩亲人的到来。

女孩牺牲66年后，大嫂的孙子也已满头白发，成了年过半百的老人。坟头的柳树枯死了，却并没有倒下，有风吹来，发出呜呜的声音，那是女孩的声声呼唤，妈妈，我想回家！妈妈，我想回家！孙子满脸泪水，他要帮女孩回家！

孙子求助于媒体，帮他找到女孩的亲人，完成奶奶的心愿，也兑现一个家族半个多世纪的承诺！因为年代久远，信息太少，媒体也无法知道女孩姓名，更不知道她的家和家人在哪里，只知道是湖南人，就把女孩的坟迁出来安葬在湖南长沙烈士陵园，墓碑上写的是：无名英雄！女孩回家了，只是回到了湖南，并没有回到生她养她的家乡。

寻找女孩家乡仍在继续。

有人把女孩的照片，复印一百多张，登在各大媒体，女孩八十多岁的同学看到了照片，认得女孩是湖南省汉寿县军刘村人，女孩的名字叫刘守纹！是村子里一个有钱人家的大小姐。

可惜，村子里已没有女孩的亲人！

女孩牺牲 74 年后，终于回家了，回到生她养她的家乡！

可是，我的耳畔仍回响着女孩深夜的哭喊声：妈妈，我想回家！妈妈，我想回家！

愿山河无恙，愿烟火寻常！

愿每一个女孩，有娘来疼，有家可回！

相约红海滩

其实，东营是个很亲切的城市。因为我大学时的老班长还有好几个山东同学都是东营人，只是分别三十多年，早已不是当初青涩的模样。昨晚住东营酒店时，望着满城灯火，我给同伴说，我的同学就住在这里，不知哪盏灯是他们家的？大学那会，不知东营有多远，现在才知道原来相隔上千里。同伴让我给他们打电话，我说，他们各忙各的事，还是不打扰他们了，咫尺若天涯吧，唯有默默祝福！

第二天我们早早就起床了，为的是东营海滩观日出，为的是魂牵梦萦的红海滩。

东营的张导是这次出行的地导，胖胖的身材，带着山东大汉的朴实和诚恳。年龄不大，却是满头白发，按他的说法，是东营盐碱地染白了他的头发。我们哈哈大笑，张导说话幽默，也许这是导游的基本素质吧。

大巴车在马路上奔驰。极目，雾气弥漫，如同仙境。张导说，今天

173

阴天，观日出可能成了奢望。我们沉默不语。路两边都是一望无际的海滩，那是怎样的一种辽阔啊！天苍苍，野茫茫，风吹草低见牛羊。只是看不到牛羊，满眼都是白花花的芦花，偶尔也有一两只水鸟从眼前掠过，然后又飞到茫茫芦苇荡里。满目苍茫，无边无际的恢宏震撼了我，让我有一瞬间的恍惚，仿佛飞驰的车窗外是西部边疆无边无际的戈壁滩，那样的雄浑与博大！只是，蒹葭苍苍，无边的芦苇荡，是母亲河的儿女，我们是在黄河滩湿地驰骋。大巴车如一只巨大的爬虫，在辽阔的滩涂蠕动着。已经开了一两个小时，东方依然白茫茫的，看不到金色的太阳冉冉升起，也没看到这次活动的主角——如燃烧着火焰般的红海滩！只有绵延的芦苇犹如等待检阅的千军万马，阵容齐整地挺立在道路两旁。风过处，饱满的苇穗扯着茎秆轻轻摇曳，像极了长发垂肩的清雅女子，玉立遐思，飘然若仙。那份素洁，那般轻盈，梦幻般地迷乱了我的眼！

没有失望，只有震撼！

张导对我们没看到红海滩深表内疚，一直谴责自己，并打包票说，无论如何一定让我们看到红海滩！

相信他的话，因为他的朴实诚恳。

终于，眼前出现一抹红色，大家欢呼起来，碱蓬草，红海滩，看到你了！终于看到你了！千声万声呼唤你，红海滩啊，原来你就在这里！那一片片红，稀疏的地方，像跳动的火焰在风中摇曳；密集的地方，则像红色的地毯覆盖整个滩区。正因为它的红、群体的红，如火如荼，才在苍茫天地间争得一分耀眼，蓦然点亮我的目光！

更让我惊叹的是，这一棵棵碱蓬草，一棵还不足彰显她的魅力，一旦抱成团连成片，就排山倒海，就摧枯拉朽，就惊艳了整个滩涂，成为大地的主宰者。

同伴们下了车，就呼啦啦拥进那一片红色的海洋里，与那一片红融为一体。我和同伴、张导、司机，还有张建设老师，在岸边高地驻足欣赏。张导说，碱蓬草，每年暮春时节在海滩生长而出，几个月后便高约盈尺，颜色初为嫩红，以后逐渐加深，深秋时节则由红变紫、热烈如火、鲜艳欲滴，成为这个季节最美的风景！

这盐碱交加、荒芜空旷的茫茫滩涂，其他植物望而却步，只有碱蓬草有滋有味蓬蓬勃勃地生活着。我止不住惊奇，这不起眼的碱蓬草，何来如此顽强的生命力？她就像一个拓荒者，守着一颗初心，用最原始的力量，与黄河和海水为伴，岁岁年年坚守于此，一天天为这片滩涂洗盐脱碱，使之逐渐丰饶，而后又挪移到另一片滩涂，继续她的开垦，把自己走过的地方，把所有的丰饶留给了他人。

张导还向我们介绍说，碱蓬草营养价值很高，她的茎叶，含有二十多种人体必不可少的氨基酸，可以治疗高血压、心血管病、糖尿病等富贵病，还能增强人体免疫力。尤其从他的籽实中提炼出的"共轭亚油酸"还具有抗癌、降胆固醇、抗动脉硬化等奇效呢。

我不禁对眼前的碱蓬草肃然起敬！真想不到，这纤纤小草不但有顽强的生命力，还有更为实用的药用价值，真的堪称植物界的佼佼者！

张建设老师用现代化装备——无人机拍摄红海滩的壮丽奇景，把这世间美色留在心底。司机师傅在石头缝隙里寻找大闸蟹，遗憾的是只找到一只小螃蟹，张牙舞爪地爬行，师傅享受人间美味的希望成为泡影！那些走进红地毯的同伴，还在地毯上尽情嬉戏拍照，忘记了时间，忘记了吃饭，忘记了自己，陶醉在红色的激情里不能自己！

该离开了，美好的东西总是短暂的，正因其短暂才弥足珍贵。已经过午，大家饥肠辘辘，不得不舍弃这一地的火红向饭店进发。路上，再次相遇大片红地毯，一样的如火如荼，有人感叹道：长恨春归无觅处，不知转入此中来。是啊，我们一天都在寻寻觅觅，不经意间竟然在这里再次相遇红海滩，得来全不费功夫。只要用心寻找，美无处不在。

饭店是当年知青的一处居住点，一切还是原来的样子，低矮的草房，锄头，板车，老井，墙壁上知识青年上山下乡的标语清晰可见。菜园里一片红高粱举着一束束热情欢迎我们。当年的知青现在又去了哪里？这里曾住着一群开拓者，如碱蓬草一样坚守着一段岁月，执着、坚韧、不屈不挠！

红海滩，这个假期有缘与你相约，你带给我不一样的惊喜，不停息行走的脚步，在行走中感知，美好便会寻路向我走来，世界因此更丰盈。东营，我走了，还有我的山东同学，今生也许不再相见，又有什么遗憾的呢，我们已经一起拥抱过红海滩的风，一起走过茫茫红海滩，天涯已是咫尺啊！

走过那片芦苇坡

大巴车望不到边的海滩上奔驰。

为了看日出，天不明我们就出发了。路两边茫茫芦苇荡，不时能看到两根并列的电线杆高高矗立，每隔一段距离就有两根，电线杆上有硕大的鸟巢。张导说，这是东方白鹳的家。东方白鹳是国家一级保护动物，体态优美，十分珍贵，全球只有3000多只。她休息时常常单腿站立，如婷婷美少女。不知为何会把家安在高高的电线杆上，高处不胜寒啊！也许喜欢干净、安静，高傲不俗，不屑与地面的其他动物为伍吧！也许是提防人类拿走鸟蛋，毁坏孩子和幸福的家吧。

已经跑了一个多小时了，天始终是雾蒙蒙的，最终也没看到日出。最后，大巴车停在黄河湿地公园入口处，等待入园。公园八点开门，还有一段时间，可以自由活动。几个煤电公司的姐姐们，着红色、白色长裙在拍抖音，裙裾飘飘，宛如仙女。她们手握长长的芦苇，前仰后合，像吹奏唢呐一样陶醉在欢快的音乐里，欢乐的笑声从芦苇荡飞出，生活就该如此，抛却烦恼，让快乐像子弹飞！

终于到了八点，我们重新坐上大巴车，向黄河入海口奔去，张导说，那里有一片红海滩。车轮飞转，眼帘中的风景也在不断变换：水中游弋的野鸭，天空悠然翱翔的飞鸟，远远望去像绵绵山峦的柽柳……

柽柳又名红柳、赤柳、观音柳。女儿的乳名就叫红柳，因其有顽强不屈的生命力，就取其意让女儿坚强生长。张导介绍说，柽柳形状如馒头，老百姓又叫它馒头柳，是湿地很常见的一种树，此处风景有个很好听的词形容：柳林叠翠。

下了车，我们登上瞭望塔，没有太阳，秋风很凉。远望，浩大的一方水域，柳林一片连着一片，一直从脚下延伸到远方。它的枝丫向上，小枝下垂，纤细如丝，绿绿的枝条婀娜多姿。一丛丛、一簇簇，凝重、苍劲、灵动、飘逸。黄河口的柽柳一直受到当地人钟爱，尤其它那种昂扬向上、百折不挠的精神，一直激励着人们向前去。

一些水鸟在水上觅食，瞬间又飞向远方。立刻想起王勃的那句诗，落霞与孤鹜齐飞，秋水共长天一色。近处，曲桥架在水面，有九曲回肠之感。漫步曲桥，风撩起长发，在空中飞扬。三中的张老师，因排行老七，老公姓董，人们都叫她"七仙女"，七仙女，唱着歌，跳着舞，咯咯的笑声砸在水面，惊起层层涟漪。她给我们旅行带来很多快乐，成为我们的主心骨。她到哪我们就到哪，我们到哪笑声就到哪，快乐就到哪！

告别柳林，大巴车继续在海滩爬动。没看到红海滩，车外仍是一望无际的芦苇荡。中午，太阳终于出来了，阳光照在头顶，竟冒出滴滴汗珠。芦苇荡中间，卧着一白色建筑物，张导说这是鸟儿放飞的地方，观赏鸟类放飞，成为这次出游的亮点。

10点，放飞的时间到了，顾不上强烈的紫外线，人们纷纷占领最佳拍摄点，举起相机、手机，对准了天空。

一群灰雁鸣叫着从笼子飞出，在人们头顶盘旋，好像在寻找什么，然后箭一般冲向蓝天，消失在远方。人们翘首以盼，正不知雁群何时归来。突然，远方出现几个黑点，灰雁鸣叫着飞过来了，速度极快，来不及拍摄，它们已飞回笼中。紧接着，两只丹顶鹤飞向高空，她伸长脖颈，张开翅膀，在天地之间，昂然长啸，那优美的身姿，在阳光下熠熠生辉，美丽，高贵，优雅！丹顶鹤飞到哪，人们就拥向哪，潮水一样。人们欢呼着、叫喊着，跳跃着，举起相机拍下激动人心的瞬间。也就是一瞬间，丹顶鹤鸣叫着飞回笼中，一切归于平静。丹顶鹤，这高贵的鸟让我想起一个女孩真实的故事，她叫徐秀娟，1987年9月16日，二十三岁的她为救受伤的丹顶鹤，陷入沼泽，献出了年轻的生命。

"走过那片芦苇坡，你可曾听过，有一位女孩，她留下了一首歌，为何片片白云悄悄落泪，为何阵阵风儿为她诉说……还有一群丹顶鹤，轻轻地、轻轻地飞过……"喜欢这首歌，不仅仅是她忧郁惆怅的歌声，感人心扉的词曲，更是因为女孩为救丹顶鹤无私奉献的爱心和高尚纯洁的情操。我们热爱一切美好的东西，即使付出惨烈代价也在所不惜！

一个小时后，我们来到另一个放飞基地，等待大雁归来。一群大雁咕咕嘎嘎大叫着向人群飞来，像出征的勇士，呼喊着、歌唱着，呼啦啦落在桥边，黑压压一片，旁若无人地觅食，一点不害怕面前疯狂喊叫的人群，然后又在饲养员的驱赶下掠过水面，向饲养她们的小岛飞去。也许她们已经习惯了这种场面，被驯化、被圈养，没有翱翔蓝天的渴望，也没有展翅飞翔的自由。我望着她们矫健的身姿，不知是为她们欣喜还是难过？

中午时分，大巴车向黄河入海口奔去……

车刚停稳，我们纷纷涌出车门，直奔河岸。已经不是第一次看见黄河，面对汹涌澎湃、一泻千里的黄河，依然震撼！

前面走着的孩子，高声朗诵：白日依山尽，黄河入海流。欲穷千里目，更上一层楼！伫立河岸，心情激荡。黄河，母爱河！浑浊的河水如母亲的乳汁哺育中华儿女，养育一代代黄河子孙。黄河从这里流入渤海，形成独特的黄河三角洲。海口一带，每年入沙量9.28亿吨，最大沙量21亿吨。这些泥沙，有1/4淤积在下游河道，1/2沉积于口门两侧，其余1/4将输入深海。神奇的黄河三角洲，如同大地的年轮，一层一层向着浩瀚的大海不断延伸。黄河入海口以每年2～3千米的速度向海中推进，年造陆面积可达3万亩，东营因之成为世界上陆地自然增长最快的地方。张导风趣地说，东营市市长每年都在升官，因为他的领地每年都在扩大。

入海处，一巨石上雕刻着"黄河入海口"五个红色大字，人们纷纷在此合影留念，不到黄河不死心，不到黄河也非好汉！七仙女感慨道，看到黄河，才真正体会到什么是"跳进黄河洗不清"啊！

入海口的望海楼，看似不高，只有几层，登临起来方知不易，累得我们气喘吁吁。站在顶层，抬望眼，滔滔黄河水、茫茫红海滩、苍苍芦苇荡，尽收眼底。虽然没有乘船一览黄河入海胜景，无法欣赏到浑浊的黄河水与碧蓝的海水瞬间交融时色彩的变幻，能够一览黄河入海口的雄伟壮观，大家依然笑逐颜开，流连忘返！

河流的最终是浩瀚的大海，我的下一步迈向哪里？这问题曾经困扰着我，没有答案不用急，慢慢来，过好上天给予的一分一秒，相信会找到答案吧！把单调的日子涂上色彩，给无价值的时间添加价值，芦苇坡，一个让生命豁然开朗的地方！

刚刚下过一场雨，牡丹园仍是人潮如织。

曹州牡丹园是菏泽面积最大，品种最多的牡丹园。四月中旬正是牡丹盛开的季节，又恰逢双休日，整个牡丹园成为人的海洋。从西门步入园内，一片一片的白色牡丹用栅栏围起来，雨后的牡丹大都已经凋落，绿色的枝蔓下是片片花瓣，如洁白的玉片坠入泥土，让人顿生怜爱。也有的牡丹失去水分，花瓣蔫蔫的，如迟暮的美人，不忍离去。仍有牡丹迎着春风，在春雨的滋润下，娇艳欲滴，如十七八岁少女，羞羞答答，款步而来。白色的牡丹花瓣有碗口大小，一层一层的花瓣你挨着我，我挤着你，叽叽喳喳争着探出头来，和游人相约。

园内牡丹色彩鲜艳，有白色的、粉色的、紫色的、黄色的，还有难得一见的黑色牡丹，朵朵花瓣散发着神秘，想起一个词语"黑色妖姬"。事实上，牡丹家族中没有纯粹的黑牡丹，人们习惯上把深红色、深紫色牡丹称为黑牡丹。

黑牡丹还一个传说：很久很久以前，有个年轻人爱上一个任性的漂亮公主，公主接受任何人的爱，却不给任何人爱。年轻人还是和公主见了面，公主任性刁蛮、肆意妄为，想要墨池对面花丛中牡丹，墨池是没人可以过去的，它的黑色就是为了保护对面那丛美丽的花，那株牡丹。掉入池中的人，会化为墨色，永远消失。年轻人爱得太深了，仍然一步一步踏入墨池。开始，他的腿变成了墨色，接着腰变成了墨色，他丝毫不畏惧，终于拿到了那株牡丹，他往回走，他的手变成了墨色，颈变成了墨色，直到那株牡丹变成了墨色，那样娇艳，散发着墨色的光。那株美丽的牡丹终于交到了公主手中，年轻人却整个变成了墨色，消失了。公主呆住了，望着墨池，泪流满面。之后，公主也消失了，人们不知道她去了哪里，但那之后，在池边多了一片林子，林子中间，有一丛美丽的黑色牡丹，那样娇媚，那样妖娆，日日、月月、年年守护着墨池，守护着年轻人，守护着爱……

黑牡丹肆意地开放着，望着朵朵黑牡丹，我肃然起敬。为了爱，可以献出生命，世间还有多少这么伟大的爱情呢！

牡丹，国色天香，富贵至极。陶渊明感叹，自李唐来，世人甚爱牡丹。牡丹之爱，宜乎众矣！如今，人们仍然趋之若鹜，车马若狂！有人为了占有她，不择手段，美丽的牡丹惨遭毒手。栅栏边上的牡丹被残忍地掐去，只剩下光秃秃的花枝绝望地望着天空，欲哭无泪！有的花园栅栏被游人撕开，肆意践踏，一七八岁孩童，在年轻妈妈的"监视"下，折去一朵又一朵花枝，然后随妈妈扬长而去。一个二十多岁的年轻男人，胖胖的，众目睽睽之下，摘下一大朵白色的牡丹，然后又摘下一大朵红色的，一朵又一朵，熟练地编成花环，戴在硕大的头颅上，难道他不知道那其实是一种丑吗？园内，不时可以看到男男女女戴着各色牡丹花环，摆出各种姿势拍照。一个女孩走过，一朵粉色的牡丹遗落路边，我俯身拾起，花枝还流着汁液，花朵扬起小脸望着我，湿漉漉的，似有泪水渗出。我小心地捧在手心，痛彻心扉。花谢花飞飞满天，红绡香断有谁怜？那一缕香魂飘向何处，哪里才是你安身的净土？

爱美之心，人皆有之。你们是爱美吗，是对美的践踏啊！物质生活丰富了，我们有钱去欣赏美，却让灵魂跟着丢失了。敬畏自然，保护自然，哪怕是一朵花，一棵草……

曹州园里，朵朵牡丹仍在绽放，走出园林，我再回首，明天，后天……还有多少牡丹在流泪呢？

牡丹泪，人之泪啊！

六月的早晨，初夏的阳光铺满古都的每一个角落，一缕缕金色的光在树间穿行，如慢摇的音符，轻轻弹唱着杨柳岸晓风残月。满眼的苍翠，是一首婉约的诗歌，唯美，沉静，悠扬。我和同伴一起从下马坊地铁站的怡莱酒店出发，去赴一场爱情和艺术的盛宴。

拐弯处，风柔情长，一片格桑花绚烂了双眸，红的粉的白的，如色彩斑斓的蝴蝶，震动着美丽的翅膀，在晨光里轻轻浮动。

告别美丽的花海，我们走在幽深的山间小路上，两旁都是高大的灌木丛，静静地陪着我们。偶尔，有暗香盈袖，不知哪里有花香飘来，芬芳馥郁，让人心生欢喜。

十几分钟后，我们就拐进梧桐树织成的林荫大道，再一抬头美龄宫就在眼前了！哦，几天的生生念念，今天终于见到你，真的是三生有幸了！美龄宫是一座三层楼的古代宫殿式建筑，雕梁画栋，飞檐啄空。黄色钢筋混凝土墙体，覆盖着绿色琉璃瓦屋顶，有人说是"穿西服戴瓜皮帽"，但是，美龄宫的确是中西合璧的建筑典范，有"远东第一别墅"的美誉。

梧桐树环绕四周，阳光从茂密宽大的叶子缝隙里洒进来，满地影影绰绰的光影，斑斑驳驳呈现出历史的沧桑感。正赶上一个胖胖的主播录制视频，详细生动的讲解让我们非常幸运地了解到美龄宫的前世今生。

美龄宫 1931 年开始修建，有人说是蒋送给宋的生日礼物。每到秋季，美龄宫的梧桐树叶子金黄，如金色的项链，而美龄宫绿色的琉璃屋顶，又好似绿色的宝石吊坠，成为紫金山最美项链。浪漫的爱情项链虽然只是巧合，但美龄宫的确处处显示女性的特征。她的南面是汉白玉栏杆的一个平台，雍容华贵，富丽堂皇，可供女主人露天活动与茶饮之用，也是欣赏美景的最佳之处。每个栏杆柱子上都雕刻着栩栩如生的凤凰图案，正好 34 只，而女主人当年恰巧 34 岁，生日是 3 月 4 日，这不会只是一个巧合吧。绕琉璃瓦屋顶的 1000 多个勾头滴水上，也都雕有一只展翅的凤凰，有人说美龄宫就是一座"凤宫"，的确如此。

第三层是蒋、宋的私人空间，东面是两人的卧室，最让我惊诧的是，蒋的卧室在北面，向阴，空间较小。穿过一道门，南面就是宋的卧室，朝阳，空间比蒋的卧室大很多。卧室的东面、南面都是落地玻璃钢窗，阳光照进来，满屋子金灿灿的，采光非常好。地上铺有紫红色地毯，墙上挂着名人字画，华贵典雅。室内的家具是红木的，非常珍贵，宋的旗袍挂在衣橱旁，宋一生挚爱旗袍，彰显东方女性的优雅高贵。那场著名的国会演讲，宋穿的就是旗袍。1943 年 2 月，宋身穿黑色的富有魅力的旗袍，身材苗条，举止端庄，说一口地道的英语，声音柔美，登上美国国会发表演讲，把中国人民英勇抗战的情况生动感人地介绍给美国政府和人民。她的演讲多次赢得雷鸣般的掌声，为中国人民抗日赢得物质上的帮助，为抗战胜利作出了特殊贡献。

靠西墙是宋的梳妆台，红亮亮的，保存完好，宋经常在这里化妆，后来即使是百岁老人，也化妆出行，优雅活着。林清玄说，三流的化妆是脸上的化妆，二流的化妆是精神的化妆，一流的化妆是生命的化妆。如果三者集于宋一身，不正是化妆的最高境界吗？

"美龄宫"其实是老南京人的俗称，她正式的名字是"国民政府主席官邸"。别墅建成时，蒋因"九一八"事变下野，已经不是主席了，直到1945年抗战胜利，蒋氏夫妇才正式搬入，一住就是四年。宋经常在这里宴请宾客，接见外国友人，白先勇年幼时曾随母亲在美龄宫做客，见识奢华的装修和宋的美丽高贵，后来白先勇故地重游，物是人非，一片萧条，不禁发出"宫花寂寞红"的感叹！

其实，当时国民政府主席是林森，住在国民政府官邸理所当然。胖胖的主播侃侃而谈，他的介绍把我惊到了。也许是孤陋寡闻吧，我并不知道林森其人，更不知道他的人生经历。林森虽是国民政府主席，只是个傀儡，并没有住进美龄宫，而是住在非常简陋的"如意里"，连卫生设备都没有，因房子小一班警卫还借住在别人家里。可见林森生活俭朴，和奢华的美龄宫形成鲜明对比。

林森不仅生活俭朴，还重情重义，一生不近女色，把一个骷髅带在身边，据说骷髅是表妹的尸骨。林森曾有过一任妻子郑氏，属于包办婚姻，对方比他年长，所以林森非常不满，新婚不到一周就离家参加革命。其实林森有心仪之人就是他的表妹，两人青梅竹马，互生爱慕。几年后，林森妻子去世，表妹趁机向他表明心志，因为表妹的父母要将她嫁给富商，表妹要林森带她一起私奔，可惜林森瞻前顾后，虽然心存不舍，最后还是拒绝了表妹。结果表妹回家后自缢而死，林森悲痛万分，发誓再不近女色，并一直将表妹的尸骨带在身边，可惜，深情不是来得太早就是太迟。

这点倒是和蒋有的一比，蒋宋联姻，更多的是彼此的成全。两人经常手牵手漫步林间，深情款款。宋作画时，蒋陪在身边，还在画上题字。宋画梅，蒋题字"数点梅花天地心"。蒋欣赏宋的绘画，尤其山水画构图精到，清逸有灵气，笔下的兰、竹、花卉，清丽脱俗，充满诗意。蒋书法颇有功力。二人珠联璧合，传为美谈，蒋还将二人的画作作为邮票发行。1975年蒋去世，葬礼当天，在盖棺的一刹那，脸色苍白的宋忍不住失声痛哭，不能自已。

从美龄宫出来，更多的是对女主人的赞叹。有人说，她是一位中西合璧的女性，一个传奇、一个美丽神话。她以自身独特的魅力赢得了世界，让世界为之倾倒，她是唯一的。男人不知道她，就不知道何谓女人；女人不知道她，就不知道何谓美丽。一个人的美丽，原本是离不开人的品性、才华来做底蕴的。

国庆节这天，早早起来，我和同事梅、平、三中张老师，还有一起健身的攀姐，和运动俱乐部其他成员共计五十多人，坐大巴车载着一路的歌声、笑声，一起向山东进发。俱乐部王连强老师是这次出行的组织者，他头戴西部牛仔帽，笑眯眯地介绍这次旅行的目的地，说话幽默风趣，引得我们哈哈大笑。路上，他组织我们一起歌唱《我爱我的祖国》，整个车厢，小小的国旗飘扬，歌声随着十月的第一缕阳光，灿烂了这个非同寻常的日子。

八个小时后，我们到达山东潍坊青州的井塘古村，这是一座历经600年沧桑风雨依旧保存完好具有明代建筑风貌的古村落。整个村庄被古城墙包围，城墙采用青石砌成，每隔30多米修建一处炮楼。里面有闻名全国的吴家大院，孙家大院等，是电影《红高粱》的拍摄地。

踏着青石板铺就的小路，我们在绿荫里穿行，顺着或平或仄的山路，走进这座古山村，一切都掩映在绿色的静谧和清悠里，仿佛远离了尘世，穿越了时空，很有"与君初相识，犹如故人归"的感觉。

村头是一口古井，一道道井绳勒出的深沟诉说着岁月的沧桑，古井的前身是常年不涸的清泉，泉水形成一塘，村民将塘垒石筑高形成古井，村名也由此而来。井边有一座戏台，古色古香，四角翘起的亭子高高地坐落在石墩上，放下锄头，吃过晚饭，村民们来到这里听听戏曲，唠唠家常，是劳动间隙的一杯清茶，是宁静生活的一道涟漪。

踏着石阶一直走进村里去，这是村里的主干道——近两米宽的一条顺山势向上的曲曲折折的街道，说是街道其实更像一条胡同，两边是由石块垒砌的一人多高的堰墙，街面也全是石头铺成，或是巨大的石条，或是不规则的石板、石块，路面已被踏磨得光洁平滑。不知多少人经过这里，五百年前的村民牵着耕牛，吆喝着缓缓走过，现在我踩着古人的脚印，在时光里慢慢穿行。岁月更迭，不变的又是什么呢？只有静默的石头知道。

街道两边便是村民的住宅了，高低错落，依山傍势，一座座被石头堰墙分割出的小院，遍布整个村子，有一百多座。走近一个院落，石头的门楼，石头的围墙，正屋、偏房，厨房，大大小小的房间，满眼都是青青白白的石头。屋顶是黑黑的茅草，已经被岁月冲刷出一道道沟痕，屋檐下悬挂着黄澄澄的玉米是村民秋天里的收获。院子里古树下，石桌石凳，桌子上摆放着大碗茶，喝一碗大碗茶，体验古人劳动后的惬意。房前，木头制成的秋千荡漾在秋风里。"墙里秋千墙外道，墙外行人，墙里佳人笑。"虽然听不到佳人笑声，多情的公子也已走远，秋千还在，爱情不老。院中，古老的石磨静静地躺在岁月里，推动石磨，咿咿呀呀的声音，穿过时空，回响在院子里……院子里，屋子里，处处都有主人生活的气息，仿佛主人并未走远，刚刚摘完玉米，又下地干活去了，日落就会归来吧？茶还凉着呢！

穿出这一家，进入那一家，一家挨着一家，吴家大院、张家大院、孙家大院……豆腐坊，磨坊，酒坊……某个傍晚，村民在院中各自吃着豆腐，喝着美酒，低头抬头间，一问一答，隔着墙头，把酒话桑麻，何等美好的夜晚！黄发垂髫，并怡然自乐！

登上一座带有炮楼的院子，比赛的擂台斑驳陆离，古老的战钟锈迹斑斑，登上炮楼的顶端，环顾四周，群山环绕，古村仿佛躺在大山温暖宁静的怀抱里。再也没有战争的纷扰，这里只有苍翠的大山，古老的院落，静默的石头。极目远望，仿佛看见，茅草屋顶上缓缓升起的袅袅炊烟，青石板路上扛着锄头回家的农夫，仿佛听到农妇叫孩子回家吃饭的声声呼唤……

我们在古村徜徉，拍照，不能长居此处，与这世外桃源为伴，能够留下美好的回忆足矣！古沛老头举着相机，把一个个精彩的瞬间定格在记忆里。同伴们着盛装出镜，一个个美若仙人，摒弃世俗的喧嚣，抛开一切烦恼，躲进宁静的古村，偷得浮生一日悠闲，让生活充满乐趣，亦是一件幸福的事。虽然生命依然是一袭华美的袍子，爬满了虱子！

离开古村，古井边再次停留，游人已经很少，我抚摸着古老的辘轳，沉思着，古人远离尘世，躲进大山深处定居，无非是追求理想的生活，我来这里为了什么？感受古村庄曾经的鼎盛繁荣？感慨时光的一去不回的遗憾？感叹生活的巨大变化的欣喜？不论是什么，我已来过，不是吗？

告别井塘古村，傍晚时分，我们运动俱乐部浩浩荡荡开进山东潍坊的青州古城。下了车，首先看到的是两层高的古城楼，青砖黛瓦，巍峨壮观又不失古朴庄重，这是青州古城的南大门，拱形大门上方书写着"财阜"两个大字，可能是物产丰富的意思吧。

疫情期间，佩戴口罩，扫码进入。朴实的山东人一丝不苟。漫步古城，街道中间，是用五道长方形青石板铺成，斑驳、古朴、沧桑，散发着灰蓝色的光泽。街道两旁，木结构的古代房屋，雕梁画栋，彰显明清古建筑的恢宏魅力。

青州是中国古代九州之一，有着五千年悠久文明史，是至今保存完好、山水城一体、国内外罕见的明清古城。古店铺、古宅院鳞次栉比。青州名人辈出，文化底蕴深厚。出了 6 位状元、180 多名进士，可谓是状元、进士之乡。他们在青州留下了大量的园林府邸、景观建筑和诗文著作，增加了青州古城的文化内涵。李清照故居就坐落美丽的洋溪湖畔，她和丈夫赵明诚在这里生活了20多年，写下大量诗文。作为热爱文学的我，没能去李清照故居参观不能不说是一大遗憾。一直喜欢李清照的词作，这个美丽的才女成为中国历史上屈指可数的女词人是当之无愧的。"念武陵人远，烟锁秦楼。惟有楼前流水，应念我、终日凝眸。凝眸处，从今又添，一段新愁。"丈夫外出做官，李清照放心不下，写下这首词，字里行间，凄婉缠绵，思念之情跃然纸上。李清照成为婉约派代表人物。

街上漫步，欣赏街边美景，经常看到身穿少数民族服装的小姑娘从身边走过，开始我很纳闷，后来才知道青州是一个多民族聚居地。城内有回族、满族等少数民族。不同的文化习俗造就了丰富的地域文化和不同风味的地方美食。街道两旁，各式糕点应有尽有，停下来只是看就让人垂涎欲滴了。

我们五个女人，五朵金花，说说笑笑，指指点点，沿着古城一条贯穿南北的主干线边走边看。青青石板路，悠悠地伸向远方，伸向远古的记忆里。没有南方雨巷的悠长，也没有那个撑着油纸伞丁香一样结着愁怨的姑娘。这里是北方的青石板路，大气厚重，能承载五千年间的万马奔腾的践踏，能经受五千年间风雨交加的洗礼。南方的青石板像一十七八岁女郎，执红牙拍，歌杨柳岸晓风残月。而北方的青石板，如关西大汉执铁绰板，唱大江东去。不一样的风景，不一样的历史，不一样的风格。

青州古城，一路走来，最为抢眼的当数一座座古牌坊，沿着青石板路次第排开，有尚书里坊、一门科第、大学士坊、柱国坊、大宗伯坊、太保坊、北门里坊，北门里是古城的北大门，这些牌坊的青石上雕刻着各种精美的花纹，上方刻着牌坊名，有的还刻有"圣旨"二字，可见非同寻常。这些牌坊默默向人们叙述着古城曾经的辉煌。"一门科第"坊，为万历年间古城冯氏家族科第连绵而立，彰显冯氏家族的严谨家风和丰功伟绩。

偶园，位于"一门科第"牌坊附近，明代的时候为衡王府东花园，后来被清代康熙年间文华殿大学士冯溥买下，是一座具有江南庭院风格的私家花园。门前的两只大狮子，威风凛凛，我们没有走进花园，只在门前拍照留念，感受古人的家国情怀。

脚踏青石板，走过古城最繁华的老街，石板路的尽头是一座石桥——万年桥。桥面的青石板被踩踏得凹凸不平，桥栏上的石狮子栩栩如生。桥下是青青河水，倒映着河岸的古塔、杨柳，秋风里杨柳依依，书写古城原有的记忆……

原路返回，亦是万家灯火。夜晚的青州古城更是热闹非凡。吃过晚饭的居民三三两两出来，再加上游客，街道顿时拥挤起来。我们找了一家饭店，水饺，炒菜，米粥，犒劳饥肠辘辘的胃。老板是一个年轻女子，胖胖的，有着山东人的朴实厚道，饭菜不贵，分量很足，一个小姑娘还给我们端来热腾腾的饺子汤。同事梅和张老师买来了青州特产，薄薄的芝麻饼，咬一口脆生生、香喷喷，好吃极了！

回到集结地，灯火通明的古城南门，更显雄伟壮观。回首，长长古街道，青石路面在灯光中闪着悠悠的光亮，更显它的古朴幽雅，沧桑深邃。匆匆来，匆匆去。虽然很短暂，青州古城，依然定格在我的记忆里。